무모하게 살고 미련하게 사랑하기를

차재이

유난히 눈물도 많고 웃음도 많았던

나의 서른 살을 함께해 준 사람들과

아픔이 있어도 빛을 잃지 않으려 부단히 노력하고

무모하지만 그래도 살아 보고

미련하지만 그래도 사랑해 보는

나와 같은 그대들에게.

차례

고백은 언제나 어려운 일인 것 같습니다.

조금은 떨리고 무서운 마음도 듭니다.

가슴이 두근대는 만큼 설레는 일이기도 합니다.

고백의 마음이 솔직할수록 더욱 그러하겠지요.

서른 살의 저는 참 무모하고 미련하게 살았습니다.

기원을 알 수 없는 아집과 용기로,

멈추려 해도 샘솟는 사랑의 마음으로 일 년을 채웠습니다.

당시에는 끊임없는 어둠 속이라 생각했는데

지나고 보니 빛나는 날들이었습니다.

그래서 무모하게 살고 미련하게 사랑하는 삶을

당분간 멈출 수 없을 것 같습니다.

때로는 유리같이 연약했고 때로는 돌같이 단단했던

나의 날들을 기록으로 남기고 그대들과 공유하려 합니다.

조금은 두렵지만 설레는 모험의 시작입니다.

어쩌면 같잖고 사소한, 서른 살의 생각들과

날것의 내 하루치 경험들을 글로 고백하려 합니다.

그리고 누군가의 고백이 나에게 그러했듯,

내 작은 읊조림도 그대 하루에

조그마한 빛이 되기를 바라 봅니다.

제1장   무모하게 살고 미련하게 사랑하기를 아픔이 있어도 빛을 잃지 않기를

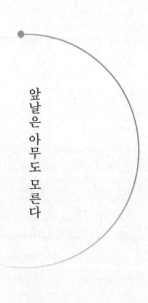

앞날은 아무도 모른다

우연한 기회로 인연이 닿아 정육점을 운영하는 사장님과 저녁 자리를 함께했다. 지인들 몇을 가게 앞에 모아 놓고 툭툭 썰어 내어 주는 고기가 참으로 맛있었다. 사장님은 매주 몇 번씩 이렇게 손님들을 초대해 맛 평가를 받는다 했다. 식당을 운영하고픈 꿈을 이루고자 내딛는 발걸음이었다.

정육은 많은 체력과 섬세함을 요구하는 일이라 한다. 사장님은 어린 나이와 꼼꼼한 성격을 장점으로 내세워 일찍 업계에서 자리를 잡았다. 밥을 먹다가도 몇 번이고 거래처 주문 전화를 받았다. 정육점이 포화라는 동네에서도 사장님은 경쟁이 무색하게 성공했다.

"왜 굳이 식당이 하고 싶으세요?"

이미 먹고 살 만큼 이상의 돈을 벌고 있는데 안정적인 지금의 생활을 탈피하려는 사장님의 모습이 신기해 물었다. 사장님은 답했다.

"일은 어차피 항상 힘드니까요. 좋아하는 것도 하고 싶어요."

그리고는 말을 이어갔다.

"지금은 잘 벌고 있지만, 어떻게 될지 몰라요. 세상에 안정적인 직업은 없어요."

안주하지 않는 누군가의 도전 정신은 종이 한 장 차이의 생각에서 나왔다.

하긴 그렇다. 세상살이 한 치 앞날을 아는 사람이 누가 있으랴. 예전에는 들어보지 못한 새로운 직업들이 생기고, 기발한 사업으로 돈을 버는 사람들이 있는 반면, 어떤 이에게서는 평생 갈 것 같은 부가 신기루처럼 한순간에 사라지기도 한다. 누군가는 변화에 적응하기도 하지만 누군가는 도태된다.

우리는 신이 아니다. 모든 가능성에 철저히 대비할 수 있는 능력은 인간에게 없다. 다만 어떠한 일이 생겼을 때, 혹은 기회가 주어졌을 때 그것에 유연하게 대처하는 것은 개인의 몫이다. 내 생활이 '안정적이다.' 단정 짓고 안주하는 순간 발전의 문은 닫힌다.

사장님의 고깃집이 대박집이 될런지는 알지 못한다. 그러나 그런 정신이라면 결과에 상관없이 자신의 인생을 멋지게 살아낼 것이라는 확신이 들었다. 잘되면 더 잘되기 위해 다시 노력할 것이고 안 되면 또 다른 길을 용기 있게 걸어갈 것이다. 그의 마음속 불꽃을 빌려 온다.

하고 싶은 건 한다

요즘 초등학생들의 장래 희망 일 순위가 '유튜버'란
다. 내 또래가 어릴 때 연예인을 동경하던 마음이라 추측한다.
화면에서의 그들은 항상 웃는다. 별것 아닌 게 별것 같은 콘텐
츠가 되고 그것이 사람들에게 즐거움을 준다. 그 즐거움을 개
발해내기까지의 뼈 깎음이 화면에서는 드러나지 않는다. 그래
서 쉬워 보인다. 나도 저들처럼 금방 부자가 될 수 있을 것만
같다.

최근 유튜브의 아동 콘텐츠 정책이 업데이트 되었다. 아동
용 콘텐츠가 흥행하며 미성년자 노동력 착취에 대해 논란이
불거지자 사측에서 나름의 조치를 취한 것이다. 공론화되는
문제가 나왔다는 건 그만큼 이용자가 많아졌다는 뜻도 되겠
다. 레드오션도 이런 레드오션이 없다. 회사의 로고처럼 시뻘
건 그 시장에 성공을 꿈꾸는 사람들이 하루에도 몇만 명씩
몰린다.

내가 처음 배우 일을 시작하려 할 때가 생각난다. 내가 잘
될 거라 말하는 사람이 한 명도 없었다. 가족들은 견디어 내

지 못할 거라 말렸고, 업계 사람들은 여배우의 미美의 기준에 부합하지 않는다며 나를 배척했다. 모두가 만류하는 일을, 나는 했다. 질타와 만류를 뿌리치고 나는 견뎠다. 내가 좋아하는 일이기에, 내 마음속 불로 만류의 말들을 태우고 꿋꿋이 일어섰다. 아직까지도 말과 글로 다 설명할 수 없는 어려움이 많지만 아직도 나는 버티고 있다.

진로에 대한 고민은 끊임이 없다. 자유소득자든 직장인이든 학생이든 마찬가지다. 수능을 보면 과를 정해야 하고, 졸업을 하면 직업을 정해야 한다. 어느 정도 직위에 오르면 퇴직 계획을 세워야 한다. 억대를 버는 톱스타들조차도 불규칙적인 일 속에서 차후를 준비하려 빌딩을 산다.

초등학교 시절, 교실 구석에 아이들 이름을 쭉 나열해 놓고, 그 밑에 장래 희망을 적어 놓은 게시판이 기억난다. 어릴 때부터 우리는 끊임없이 '무엇'만 되면 끝일 거라, 이제 행복일 거라 배웠다. 초·중·고 12년을 한 가지 목표만 바라보고 실망하고 기대했다. 모두가 '꿈'이 끝인 것처럼 말했다. 좋은 대학에 들어가면, 좋은 직장에 가면, 좋은 직업을 가지면 모든 게 괜찮아질 거라고, 자신의 상황이 나아지고 행복해질 거라고 착각했다.

그래서 공허함이 있는 게 아닐까 싶다. 이루면 이룬 만큼 공허하다. 이뤘는데도 행복하지 않다. 무언가 부족한 느낌이 든다. 그러면 또 방황한다. 학창시절, 조금만 생각이 넓었다면 혹은 어른들이 우리를 넓게 가르쳤다면, 삶은 멈추는 일이 없다는 걸 좀 더 일찍 배웠을 것 같다. 목표를 세우고 성취하는 일은 지독하게, 끊임없이 반복된다.

아이들의 유튜버 꿈을 응원하기로 했다. 어차피 끝없이 삶이란 것에 시달리며 웃는 날과 우는 날을 셀 수 없이 반복해야 할 텐데, 차라리 좋아하는 일을 하는 게 낫지 않을까 하는 마음이다. 자기가 좀 더 좋아하는 일, 좋아하는 곳을 택했음한다. 해보니, 고단해도 그게 낫더라.

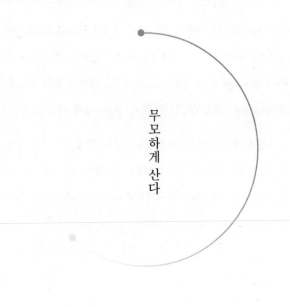

무모하게 산다

'무모하다'라는 말이 참으로 거칠게 들린다. 규칙 없이 맹목적으로 행동해야 할 것 같다. 결과가 도출되지 않는 비합리적이고 비상식적인 과정을 따라야 할 것 같다. 위험한 도전을 해야 할 것 같다. 규율을 어기면서까지 성과를 도모해야 할 것 같다. 그러나 '무모하다'는 건 '무식하다'는 것과 다르다.

상식의 틀을 벗어나며 사는 사람들은 많이 없다. 삶에 대해 진중하지 않은 사람들도 없다. 그러나 가끔은 조금 빗나간 시선이 삶을 바꾸기도 한다. 과하지 않은 신중함이 즐거움을 가져다주기도 한다. 무모한 삶을 산다는 건, 규칙과 패턴에 얽매여 산다는 것 자체의 즐거움을 잃어버렸던 나를 향한 꾸짖음이다.

"너는 좀 즐길 필요가 있어."

배우 생활을 시작하고 처음 만난 매니저는 퇴근길마다 이 말을 반복했다. 그때는 그 말이 무슨 뜻인지 알지 못했다.

나는 굉장히 각박하게 삶을 살고 있었다. 매일 아침 여덟 시에 일어나 운동을 했고, 술자리는 피했고, 친구들과의 모임도 자제했다. SNS도 하지 않았고 여가 시간도 갖지 않았다. 오로

지 헬스장, 발레 교습소, 연기 연습실만 왔다 갔다 했다. 나름 자기관리라고 생각했는데, 내 틀 안에 내가 나를 가둔 거더라. 삶이 지루해졌다. 그 지루함이 괴로움이 되고, 괴로움은 나태함을 낳았다.

죽음 앞에 다녀오고 나서야 나는 틀을 깨고 세상 밖으로 나왔다. 많은 사람들을 만나고, 다양한 경험을 하고 여러 삶을 관찰했다. 시시콜콜한 농담에 웃어 보기도 하고 별거 아닌 거에 달려들기도 했다. 삶이 조금 즐거워졌다. 그리고 즐거움은 나를 앞으로 나아가게 하는 원동력이 되었다.

틀 밖의 삶이 더 윤택했냐고 물으면 "잘 모르겠다." 라고 답하련다. 한 인간의 삶의 질을 평가하기에 나는 아직 많이 부족하다. 하지만 더 행복하냐는 질문에는 그렇다고 힘 있게 말할 수 있다. 좀 더 유연하고, 창의적이고, 도전적인 지금의 모습이 나는 마음에 든다.

그래서 조금은 무모한 삶을 살기로 했다. 답이 뻔히 보이는 결말만 바라보고 쳇바퀴 돌 듯 사는 하루하루가 무슨 의미가 있겠나. 하루를 살더라도 나는 조금 무모하고, 도전적이고, 재미있게 살련다.

허황되어도 좋다

처음 면허를 땄을 땐 운전하는 게 참 즐거웠다. 키를 돌리면 우우웅 하며 출발을 알리는 엔진의 소리도 좋았고, 가끔은 엉뚱한 곳에서 나와 나를 당황시키던 과속방지턱의 덜컹거림도 좋았다. 울퉁불퉁한 노면과 타이어가 마찰되어 나는 소리도, 창문으로 솔솔 들어오는 바람도 모든 게 새롭고 재밌었다.

그때는 그저 운전을 한다는 행위 자체가 너무 즐거웠는데, 요즘 들어 운전하는 게 몹시 귀찮다. 주차장까지 내려가기도 버거운 느낌이 들어 일부러 대중교통을 이용하기도 하고, 동생이 외출을 할 때면 차를 얻어 타기도 한다.

얼마 전에는 오랜만에 나들이를 갔다. 시간이 맞아야 모이는 사람들이 시간을 맞춰 모였다. 오랜만에 도심에서 벗어나 산과 들을 구경하고 맛있는 거나 사 먹을 요량이었다. 차가 참 많이 막혔다. 평소 같으면 짜증도 나도 귀찮았을 법한 운전 길이 참으로 즐거웠다.

친한 배우는 꿈이 있다고 한다. 꼭 영향력 있는 사람이 되어 장학 재단을 설립해 공부에 뜻이 있는 아이들을 돕고 싶다고 했다. 반복되는 고된 스케줄에 매너리즘이 올 때면 그 꿈을 생각한다고 한다. 그리고 그 꿈에 아주 가까이 다가가는 중이다.

나의 목적지에 대해 다시 한 번 고찰해 본다. 직업적 성공, 명성, 돈벌이, 삶을 구성하는 중요한 요소이지만 이 요소들이 한 인간의 삶에 궁극적인 목표가 될 만한 가치가 있는지 고심해 본다. 어쩌면 나는 목표를 향해 달려가다 생기는 부수적인 결과들을 최종 목표 취급해 버려 길을 잃은 것일지도 모르겠다. 그래서 즐겁지 않은 것일지도 모르겠다.

목적지가 즐거우면 운전도 즐겁다. 즐거움이 하나도 담겨 있지 않은 의무감에 하는 일들은 단순 노동에 지나지 않는다. 삶을 창의적으로 살고자 하는 사람의 태도는 조금 달라야 한다. 나 자신의 목적지를 다시 한번 고민해 보고 설정해 보기로 한다. 그 목적지가 조금 허황되어 보일지라도 뭐 어떠랴. 이 차는 나의 것이고, 웃으며 운전하면 그만이다.

고민하지 않을 용기도 필요하다

다른 날보다 유난히 밝은 햇살이 창가로 들어왔다. 덕분에 신경 거슬리는 알람 소리 없이 자연스레 눈을 떴다. 봄이 왔구나.

이례적인 전염병의 창궐로 봄이 온 줄 몰랐다. 반겨줄 마음의 여유가 없었다. TV에는 온통 안타까운 이야기들 뿐이었고, 아직은 인간이 정복하지 못한 질병 앞에서 어쩔 줄 모르는 우리들을 보며 많이 우울했다. 거리에는 전염의 공포로 사람이 없었고, 우체국이나 약국 앞에는 마스크 한 장 살 수 있을까 절박함에 줄을 선 사람들로 가득했다.

문득 달력을 보니 벌써 3월의 중순이다. 봄의 시작이라는 입춘立春이 한 달, 새싹이 튼다는 경칩驚蟄이 일주일이나 지났다. 계절이라는 것은 눈을 들어 하늘만 보아도 알 수 있는데 유독 걱정거리가 많은 소심한 나란 사람은 그걸 한번 못 했다.

대학 시절, 유독 고민이 많아 불면증이 심했던, 낯선 나라의 동양인 소녀를 걱정하던 교수님의 말씀이 생각났다.

"잠시 내려 둔다고 해서, 고민은 쉽사리 도망가지 않아."

지독히도 현실적이어서 위로가 되었던 그 말을 다시 한번 꺼내어 볼 때가 왔나 보다. 내가 내려 둔다 해서 고민은 사라지지 않는다.

사는 데 집중하여, 세상이 각박하다는 핑계로, 우리는 얼마나 주변을 돌아보지 않았던가. 자신에게 얼마나 혹독했기에 계절이 오고 가는지도 모르고 사는가.

경쟁 사회 속에서 목표지향적인 삶을 사는 게 바람직하지 않다는 이야기가 아니다. 다만 자신이 세운 목표가 집착이 되어 눈을 멀게 해 당연히 누릴 수 있는 계절의 권리조차 잊고 사는 것이 우리가 원하던 진정한 삶인가 돌아보는 자세는 분명 필요하다.

고민을 내려놓고 잠시 쉬며 주위를 돌아보는 시간을 나에게 내어주는 건 얼마나 큰 용기인가. 오늘은 크게 용기 내어 하나 남은 마스크를 쓰고 한강을 걸어 봐야겠다. 햇살이 조금이나마 우울했던 마음을 씻어 주고 질병에 대한 두려움을 감싸 주겠지. 새싹을 만나면 반갑게 인사해야겠다. 그리고 마음의 봄을 염원해야지.

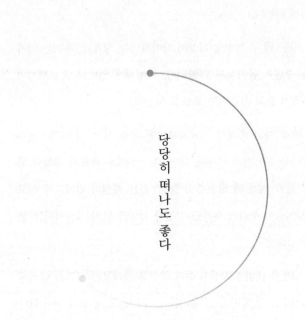

당당히 떠나도 좋다

함께 일하는 조직 내에서 부딪히는 사람이 있다는
건 매우 힘든 일이다. 일 자체만으로도 스트레스인데, 매일 껄
끄러운 사람을 상대해야 한다면, 고역도 그런 고역이 없겠다.
천륜으로 맺어진 부부도 권태기가 오면 물 마시는 것도 꼴 보
기 싫다는데, 남은 오죽할까. 조직은 같은 목표를 향해 항해
하는 배와 같다. 협동과 협심을 요구한다. 개인 간의 문제는
협동심을 흐트러트리고, 목표를 향해 달려가는 길은 순탄치
않아진다.

업계에 있으면서 지금의 소속사 식구들만큼 믿음을 주는
사람들이 없었다. 잘될 때는 누구나 나의 편이다. 그러나 일
이 어려울 때 나의 편이 되어 준다는 건 상대의 입장에서 큰
용기를 필요로 하는 일이다. 당시 규모가 작았던 지금 회사와
계약을 하겠다 했을 때 의문을 제기하는 사람들도 분명 있었
다. 나는 후회가 없다. 회사의 규모가 무엇이 중요할까. 사람
에서 오는 스트레스가 없다는 것, 힘들 때 의지할 곳이 있다
는 건 큰 자산이다.

이직에 대해 고민하는 지인들이 많다. 급여를 더 준다고 하면 명분이라도 있으니 홀랑 갈 텐데, 사람 때문에 떠난다고 하니 '내가 약해서 그럴 거야. 견딜 수 있어.' 생각하는 사람들이 많은 것 같다. 내 생각은 이렇다. 최소 12년, 치열한 대한민국 교육 현장에서 견딜 수 있었다면 당신은 강하다.

사람 때문에 이직을 오래 고민했다면, 그리고 그걸 당신의 두려움이 막고 있다면, 용기 내 당당하게 떠나도 좋다. 직장에서 사람들에게 받는 긍정적인 에너지는 삶을 바꾼다. 인간은 적응의 동물이다. 두려움은 영원하지 않다. 사람은 다르다. 사람은, 남는다. 진정한 동료는 큰 자산이다. 지금 타고 있는 배가 마음에 들지 않는다면 당당히 내려라. 드넓은 바다에 나 하나 태워 줄 배 하나 없으랴. 어차피 협동심이 흐트러진 배, 타고 있어 봤자 목적지 가는 길이 순탄하지 않을 테니.

저항 받아도 괜찮다

　　머리를 짧게 자른 지 일 년 정도가 지났다. 머리를 묶는 버릇이 사그라질 정도로 난 숏컷이 익숙해졌다. 도매로 한 백 개씩 주문해 놓았던 거울 앞 머리끈 다발이 나를 빤히 바라본다. 스타일의 급격한 변화는 배우로서 쉬운 일이 아니었다. 얼굴이 많이 알려지지 않았는데 스타일 변화를 꾀하면 대중이 더 낯설어 할 것 같은 걱정도 있었다. 허나 또래 배우들과의 차별성 또한 장점이 될 거라는 판단 하에 커트를 강행했다.

　여배우들 사이에서 머리를 짧게 자른다는 것은 굉장한 도전처럼 치부된다. '광고가 안 들어온다.', '사극은 포기해야 한다.', '역할에 제약이 있다.' 등등, 근거가 없는 이야기는 아니지만 다양성을 추구하는 요즘 문화에는 맞지 않는, 조금은 시대착오적인 그런 생각들이 업계에 팽배하다. 그리고 여론이 그러하다 하면 이 의견은 막강한 힘을 가진다. 만들어진 '사실'에는 흔들리지 않는 구심球心이 생긴다. 그래서 나도 여론을 거스르기가 많이 무서웠다.

　다행히 나에겐 숏컷이 더 잘 어울리는지, 난 오히려 머리가 길었을 때보다 일이 더 많이 들어오는 편이다. 내 선택이 구심을 아주 조금은 흔들었을까, 안일한 기대도 했었다. 그러나 오랫동안 자리해 왔던 편견을 흔드는 일에는 저항 받을 용기가 상당히 필요한 모양이다. 내가 편하고 직업적으로도 문제가 없다는데, 사람들은 한마디씩 한다. 여성스럽지 못하다는 말도 들어보았고, 어떠한 사회적 견해의 표출이 아니냐는 비약적 의견도 있었다.

사람은 각자 배운 대로 살고 생각한다. 그만큼 다양한 의견이 존재한다. 헌데, 다양성이 대두되는 만큼 그에 반하는 힘도 같이 커지나 보다. 각자만의 상식의 '틀'이 생긴다. 그러나 이런 다양한 '틀'을 내 마음에 안 든다고 깨부수어야 하냐 하면, 그건 또 아니다. 다만 대중의 관심을 받는 배우이기에 다양한 의견에 귀를 기울이고 싶다. 그러나 그 의견들이 내 중심을 흔들 만큼 가치 있는 것인지 구분하는 지혜가 필요하겠다.

우리는 모두가 다르다. 그리고 나는 그 다름을 사랑한다. 나와는 극명히 반대되는 의견도 다름의 일부이겠다. 그러니 저항 받아도 괜찮다.

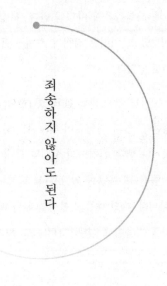

죄송하지 않아도 된다

대학을 졸업하고 본격적으로 사회생활을 시작할 때 난 결심한 게 하나 있었다. '고맙다는 말은 아끼지 말되, 죄송하다는 말은 정말 필요할 때만 하자.'

졸업하고 고국으로 돌아오니 우리 엄마는 많이 죄송한 사람이 되어 있었다. 만만치 않은 딸내미의 학비를 대려 무리해 가며 드라마를 세 개씩 할 때였다. 스텝들에겐 힘든 스케줄 때문에 미안했고, 시청자들에겐 다작多作을 해 죄송했고, 자식들에겐 더 능력 있는 엄마가 아니어서 항상 너무나 과하게 미안해했다.

충분하고 차고 넘치는 사람인데 자꾸 본인이 죄송하다 하니 그녀의 빛이 사그라지는 것만 같았다. 나는 그게 너무 싫었다. 가슴 아팠다. 죄송한 그녀 덕에 나는 무사히 뉴욕에서 공부를 끝마쳤다. 조아리는 어머니의 머리 덕에 내 머리는 꼿꼿했다. 그래서 한국에 돌아왔을 땐, 나라도 당당하고 싶었다. 그녀의 노력은 나를 당당하게 하고자 함이었는데, 내가 죄송하단 말을 남발하면 그것 또한 불효인 것 같았다.

막상 사회에 나오니 내 결심대로 하기가 쉽지 않았다. 그냥 죄송하다고 말하고 넘어가는 것이 당당하기보다 쉬웠다. '유교 사상'이라는 명목 아래 맹목적인 복종을 요구하는 윗사람들은 어디에나 항상 있었고, 난 눈엣가시가 되지 않으려 죄송한 사람이 되었다. 안 죄송한 일에도 죄송하다 하니 몸은 편했지만 정신은 지쳤다. 자연스레 감사한 일도 많이 줄어들었다. 막상 감사해야 할 때 "감사합니다." 내뱉는 말이 공허한 껍데기 같았다.

며칠 전엔 소속사에서 연락이 왔다. 코로나19로 인해 사회적 거리두기가 보편화 되면서 출입 제한이 생긴 사무실이 많아져 작품 미팅 잡기가 어렵다는 내용이었다.

"죄송합니다. 저도 어떻게 하고 싶은데 잘 안 되네요."

시간을 내어 전화를 해 준 것도 고마운데, 어린 팀장은 나에게 그렇게 말했다. 우리 탓이 아닌 일에 죄송하지 않아도 된다고, 많이 힘들 텐데 신경 써줘서 고맙다고, 같이 힘내 보자고 그렇게 전했다. 참 별거 아닌 말인데 많이 고마워했다. 고마워하는 그 덕에 나도 많은 위로를 받았다.

그래서 이 글을 읽는 그대에게도 말해주고 싶다. 죄송하지 않은 일에 죄송하지 말기를. 어디서나 당당하기를. 내 탓이 아닌 일에 남 탓은 하지 말되 모든 것이 내 탓인 것처럼 살지는 말기를.

그리고 나도 다시 한번 마음을 다잡아 본다. 오늘 하루 내가 정말 '죄송'했던 일들은 무엇이 있었는지. 나 자신을 괜시리 낮추지는 않았는지. 죄송하다는 말로 가리고 있었던 나의 자신감도 잠깐 꺼내 보고 아직도 빛나고 있는지 확인해 본다. 조금 더 갈고 닦아 본다. 겸손과 자신감 사이의 외줄을 아슬아슬하고 아름답게 걸을 수 있도록 바래 본다. 그대의 자신감은 안녕한지, 빛이 나고 있는지 궁금하다.

나만 잘하면 된다

햇수가 차고 경력이 쌓이면 나를 응원하는 사람들이 많아질 줄 알았다. 헌데 노력의 시간이 응원과 비례하는 건 아니더라. 나를 사랑해 주는 고마운 대중들이 생기고 관심이 늘어나는 만큼 나의 직업적 결정에 대해 의문을 갖는 사람들도 같이 늘어나는 것 같다.

"왜 너는 좋은 대학 나와서 이 일을 해?"

이 질문을 참 많이 듣는다.

좋은 직장에 들어갔으면 조금 더 내 삶이 편안했을까. 그건 모를 일이다. 그러나 지금보다 행복했을까 생각하면, 그건 아니다. 나는 배우의 길을 걷기를 잘한 것 같다. 나의 삶이 어떠한 방향으로 흘러갔으면 좋겠다 결정한 데에는 내 나름의 이유가 있다. 사람들은 그 이유를 묻기보다 나름의 추측을 내세우기 바쁘다.

삶은, 참 다양한 모습을 하고 있다. 머리로는 알면서도, 우리는 아직 마음으로 그걸 받아들일 준비가 되지 않았나 보다. 속내를 이해할 수 없다면 쉽게 판단하지 않아야 한다. 같이 사는 가족의 속내조차도 잘 모르지 않나. 무얼 안다고 다른 이의 삶에 대해 운운하나. 무얼 안다고 우리들은 다른 이의 삶을 쉽게 입에 올리나.

가십의 시작은 오만에서부터가 아닐까 생각해 본다. 내가 남을 이해할 수 있을 거라는 오만, 내 판단이 그들 자신의 것보다 옳다는 오만, 그리고 세상에 절대적인 기준은 없다는 걸 부정하는 오만이 '다름'을 인정할 수 없게 한다. 다르면, 입방아에 오른다. 아니 땐 굴뚝에서도 연기가 난다.

"누가 그랬대." 혹은 "쟤는 왜 저래?"라는 말을 들었을 때에 가장 적절한 답은 "너나 잘해."인가 보다. 인생의 답을 알고 살아가는 사람은 없다. 우리 인생에 대한 답도 모르는데, 우리가 다른 사람의 삶을 입에 담을 자격이 과연 있을까. 자격이 없다면 최소한 따뜻한 마음과 진심이라도 가지고 말을 내뱉어야 힘이 되는 '조언'이라도 되겠다.

답은 하나다. 내가 잘되면 남이 눈에 들어오지 않는다. 내 마음만 잘 추스르면 아파할 일이 없다. 남 일에 참견할 일이 없다. 질투가 없다. 남을 평가하는 오만이 없다. 그리고 나보다 잘되지 못한 남의 말에 흔들릴 여림도 없다. 그저 내 삶을 돌보기 바쁘다. 나만 잘하면 된다.

누릴 자격이 있다

십 년 가까이 유학 생활을 하며 잦은 이사를 하다
보니, 짐이 될 만한 것들은 사 모으지 않는 버릇이 생겼다. 쇼
핑에는 도통 관심이 없다. 옷도, 가방도, 액세서리도 없다. 옷
장에는 열 벌도 안 되는 사계절의 운동복들과 경조사 때 입는
원피스 두 벌이 횡하게 자리한다.

그렇게 살다 보니 돈이 모였다. 그리고 난 그 돈으로 그림을
샀다. 사람들은 한마디씩 했다. "너는 왜 쓸데없는 데에 돈을
낭비하냐." 사람들에겐 내가 기본적인 의식주는 뒷전으로 하
고 허영심만 채우는 인간으로 보였을 수도 있겠다. 나는 오히
려 소모품에 소비하는 그들이 이해가 가지 않는데, 그들은 나
를 이해하지 못하는구나.

동생은 같은 색의 티셔츠를 많이 산다. 내 눈엔 같아 보이
는데, 자꾸만 비슷한 스타일을 사 입는 동생이 돈을 낭비한다
고 생각했었다. 지금 동생의 삶은 일로 가득 차 있다. 옷을 사
는 게 그 아이의 유일한 소비이다. 내가 무슨 자격으로 동생
을 비판하나. 그가 쏟은 노력으로 번 돈이 내 것이 아닌데 참

으로 주제넘었다. 무언가를 갖는 것에 대한 개념을 재정립해 보기로 한다. 남들의 소비를 내 잣대에 맞추어 정죄하지 않기로 했다.

오십 대 중반의 나이에 오토바이에 몇천만 원을 소비하던 옆집 아저씨가 생각난다. 본인 머리까지 올라오는 손잡이를 잡고 부르릉대며 가던 그의 가죽 자켓 입은 뒷모습을 멋있어 하기로 한다. 남들이 뭐라 하던 자신을 위한 소비를 하고, 그 것을 드러내는 것도 큰 성취이자 용기임을 인정하기로 했다.

우리는 겉치레로 사람을 판단하고, 그들의 소비를 비판한다. 내 삶이 아니고 내 돈이 아님에도 어떤 것을 사치라고 규정한다. 남의 사치의 잣대를 내가 정한다. 참으로 오만하다.

내 잣대로 남의 소비를 평가하고자 했던 나 자신을 반성한다. 그리고 나에게도 좀 더 유연해지기로 한다. 노력했으니 누릴 자격이 있다. 그대들도, 그리고 나도.

속물이어도 좋다

오랜만에 만난 지인과 고깃집을 갔다. 살다 보면 누군가에게 밥을 대접해야 하는 일이 종종 있다. 그날이 그중 하나였다. 메뉴판을 보고 메뉴를 고르는데, 메뉴가 안 보이고 가격이 먼저 눈에 들어오더라. 여느 프리랜서와 마찬가지로 배우는 고정적인 수입이 있는 직업이 아니다. 먹고 싶은 메뉴를 고민 없이 시킬 수 있는 때가 있는 반면, 가격 앞에서 망설일 때도 있다. 오늘은 마음이 살짝 따가운 날이다.

"돈으로 행복을 살 수 없다." 사람들은 말한다. 내 생각은 조금 다르다. 돈은 생활의 윤택함을 가져다준다. 윤택함은 안정감으로, 안정감은 만족감으로, 만족감은 나름의 행복으로 연결된다. 세상 많은 것이 그렇듯 돈도 있을 땐 모르다가 없을 땐 그립더라.

나는 아직까지도 부업을 한다. 예전부터 했던 번역 아르바이트를 가끔 하기도 하고, 출장이나 여행으로 집을 비운 이웃들의 고양이를 봐주고 필요한 걸 선물로 받기도 한다. 지금은 책을 쓴다. 여의도에서 일하는 친구들을 만나 틈틈이 재테크 공부도 한다. 아르바이트가 생활비 전체를 충당해 주진 못하지만, 그래도 기름값이나 통신비 정도는 나오니 돈 때문에 본업에 대한 집중력이 흐려지진 않는다.

종종 돈에 집착하는 것을 질타하는 사람들을 보곤 한다. 인생에서 물질적인 것이 아닌 어떠한 고귀한 목표를 좇는 것도 중요한 일이지만, 금전적인 성공도 분명 중요한 요인이다. 내가 남들보다 못 번다고 좌절할 필요는 없지만, 남이 나보다 잘 번다고 그들을 질투하거나 질타할 필요는 없다. '쟤는 어떻게 저 돈을 벌었지?' 하고 미워하는 생각보다 '나는 어떻게 저렇게 벌 수 있을까' 고민하는 자세가 조금 더 건강한 생각이라는 게 나의 의견이다.

'헬조선' 이라는 말, 어느 정도까지는 공감한다. 강남에 아파트 사고 싶다는 꿈은 부족함 없이 자란 나에게조차 너무나 멀고 현실성 없어 보이는 목표다. 그러나 이런 '헬조선' 속에서도 성공하는 사람은 분명히 있다. 자기 자신을 향한 어느 정도의 채찍질은 필요하다. 매번 위로하는 글만 읽고, 위로하는 마음가짐으로 살다 보면 나태해진다.

행복은 멀어 보이나 윤택함은 가까이에 있다. 다달이 남들보다 만 원 이만 원 더 버는 게 소고기 사 먹을지 돼지고기 먹을지를 좌우한다. 끊임없이 채찍질하고 모두가 인정할 만큼 노력하고 바지런히 움직이고 싶다. 나는 돼지고기보다 소고기를 좋아한다. 속물 소리 들어도 좋다. 내 생활의 윤택함을 결정하는 건 떠드는 그들이 아니다.

도움 받아도 괜찮다

　　도움을 받는 게 극도로 싫었다. 세상에 공짜는 없다 생각했고, 언젠가는 갚아야 할 빚이라고 생각했다. 부모 자식 간의 관계도 그렇지 않던가. 한없이 받기만 하다 언젠가는 책임져야 할 때가 온다. 도움이라는 것은 온 만큼 되돌려주어야 한다.

　　그래서 손길을 뿌리쳤다. 친구에게 밥을 얻어먹는 것부터 제품 협찬 받는 것, 부탁을 하는 것, 위로를 받는 것 모두 쉬운 일은 아니었다. 얼마 전에는 아는 지인이 협찬을 해 주겠다며 나섰다. 언제나처럼 거절의 말을 뱉는데, 나에게 한마디 하더라.

　　"나중에 잘 돼서 갚아."

　　나는 왜 그 생각을 못 했을까. 내가 잘 된다는 생각을 저만큼 구석에 처박아 두고 꺼내어 보지 않고 있었다. 상대도 믿고 있는 나의 능력을 나는 보지 못하고 있구나.

　　"그래, 그렇게. 고마워."

　　용기 내어 말했다.

빚이라는 것이 참 재밌다. 있을 때는 괴롭고 신경이 쓰인다만 강력한 동기 부여를 제공하기도 한다. 그래서 도움이라는 빚을 용기 내어 지어 보기로 했다. 어쩌면 내가 가지고 있었던 나의 잠재력에 대한 의구심과 두려움은 버리고 믿음을 가져 보기로 했다.

남의 도움을 구걸하진 않겠으나 내미는 손길들을 무작정 뿌리치지 않기로 한다. 그들도 그들의 능력 안에서 마음 좋게 해 주는 일이 아닌가. 작은 마음도 소중히 다루는 건 분명 좋은 자세이지만 작은 호의에 기죽을 필요는 없다. 그래도 괜찮다. 잘 되면 된다. 그래서 갚으면 된다. 힘을 내 본다.

늦은 시간까지 촬영을 하고 지쳐 집에 돌아오는 어머니의 모습을 본다. 어머니는 남의 도움을 받을 줄 모르는, 조금은 아둔한 사람이었다. 그래서 적은 없었으나 삶이 무거웠다. 갚을 빚도 없었지만 살아온 삶의 역경을 알아주는 이도 없었다. 자식인 나조차도 성인이 되어서야 많이 힘들었겠구나, 지레짐작해 볼 뿐이다. 어머니의 삶이 아프면서도 싫다. 나는 그렇게 살지는 않으련다.

그러니 도움이여 오라. 내가 그 손길 잡아 줄 터이니. 더 큰 보답으로 돌려주리라.

다
잘
할
수
있
다

"한 우물만 파라."는 이야기를 귀에 딱지가 앉도록 들었다. 그래서 책을 쓰는 게 무서웠다. 마치 내가 다른 일을 시작하면 연기에 헌신하지 않는 배신자가 되는 것 같았다. 학업을 그만둔 것도 같은 이유였다. 우물이 내 발목을 잡았다. 이렇게 우물을 핑계 대며 포기만 하다가는 정말 내가 판 우물이 나의 무덤이 될지도 모르겠다는 생각으로 책이란 기회의 동아줄을 잡았다.

'멀티태스킹multi-tasking'이 마치 불가능한 일처럼 인식된다. 세상 살이는 주관식보다 객관식을 요구할 때가 더 많다. 인생은 여러 갈래로 뻗어 나갈 수 있는 무궁한 가능성을 지니고 있는데, 맞는 답은 항상 하나여야 한다.

다양한 기술이 공존하지 못했던 시대에서의 멀티태스킹은 분명 불가능한 것이었다. 어떠한 일을 하는 데에 지금보다 큰 노동량이 할당되어야 했다. 컴퓨터 없이 글을 쓴다면 원고지에 꾹꾹 눌러쓰는 반복적인 행동이 내 생각의 속도를 따라잡지 못했으리라. 삼십 분이면 끝낼 수 있는 작업이 몇 시간 걸

렸을지도 모르는 일이다. "한 우물만 파라."라는 이야기가 왜 나왔는지 알 것 같다. 그 시절에는 그게 맞았다. 그래야만 한 가지 일이라도 제대로 할 수 있었다.

지금은 다르다. 모든 게 빨라지고 편리해졌다. 얼굴을 보지 않아도 영상으로 미팅이 가능하고 단 몇 초 내에 대량의 데이터를 주고받을 수 있다. 방송국에 가야만 받아 올 수 있었던 대본이 이메일로 날아온다. 주문한 교재는 하루 만에 도착하고 인터넷엔 내가 원하는 강의들이 수두룩하다. 열 가지 움직임으로 가능했던 일이 한 가지 손짓으로 이루어진다.

석유는 비단 휘발유를 만드는 데에만 쓰이지 않는다. 용도에 따라서 경유도 되었다가, 플라스틱도 되었다가 아스팔트가 되기도 한다. 한 가지 용도에 국한하지 않고 쓰임새를 고루 찾는 노력이 있었기에 가능한 일이다. TV에 출연하는 운동선수들을 본다. 웬만한 예능인보다 재치 있는 입담에 이내 폭소를 터트린다. 직업에는 경계가 없다.

한 가지만 잘하라는 사람들에게 외쳐 본다. 나는 많은 걸 하고 있다. 그리고 다 잘할 거다. 시간과 노력이 좀 더 들겠지만 반드시 그러리라. 그러니 용기를 잃지 말자. 하고 싶은 게 있음 과감하게 도전하자. 과거의 생각이, 어떠한 문장이 자신의 발목을 잡을 필요는 없다.

기적은 가까이에 있다

아무리 정성을 쏟아도 도무지 되지 않는 일들이 있다. 마음이 떠난 헤어진 연인을 붙잡는 일, 부러진 계약을 돌이키는 일, 내뱉은 말을 주워 담을 수 없어 혼자가 되는 일, 후회하지만 돌이킬 수 없는 그런 일들 말이다. 산이의 병도 나는 돌이킬 수 없는 일들 중 하나라고 생각했다.

나의 반려묘 산이는 일 년 전 만기 신부전 진단을 받았다. 반려동물과 함께 살다 보면 언젠가는 병에 마주할 거라 생각했다. 다만 시기가 너무 일렀다. 세 살이라는 나이에, 나에게 온 지 이 년 반 만에, 병원에서 짧으면 삼 개월 정도 남았다는 이야기를 들었다.

산이는 나에게 특별한 고양이다. 공연이 끝난 공허함을 달래 줬고, 남들 앞에서 감춰야만 했던 아픈 이야기들을 들어줬다. 옆에 있기만 해도 힘이 되어 주는 털복숭이 산이의, 한 쪽 신장이 섬유화되어 제대로 노폐물을 배출하지 못 할 정도가 되어서야 나는 산이가 이상하다는 걸 알았다.

참 많이 울었다. 내가 아팠을 때보다 더 마음이 찢어지는 것 같았다. 동물 병원 원장님에게 내가 해줄 수 있는 게 뭐가 남았냐 물었다. 나을 수 없는 병이지만, 보조제를 투약하고 병원에서 주사기를 구입해 피하수액 처치를 해주면 그나마 편안하게 갈 수 있을 것이라 했다. 그때부터 하루에 다섯 번씩 약을 먹이고, 습식 사료를 챙겨주고, 주사를 놨다. 내 소원은, 산이가 완벽하게 낫는 게 아니었다. 너무 힘들지 않게 생을 마감하는 것이었다.

겨울을 넘기지 못할 줄 알았던 산이가 봄을 넘겼다. 하루에도 몇 번씩 구토를 하던 산이는 먼저 밥을 찾기도 했다. 날이 따뜻해져 더워하는 것 같아 집에서 털을 깎아 주었는데, 삐쩍 말라 금방이라도 무지개 다리를 건널 듯했던 녀석이 오동통해져 있었다. 감동하기 보다 너무 의외여서, 놀라서, 나는 또 울었다.

2.8kg까지 내려갔던 산이는 오늘 3.4kg을 찍었다. 정성으로 안 될 일이라고 그렇게 단정지었었는데, 금방이라도 사그라져 버릴 것 같은 생명이었는데, 살았다. 앞으로도 많은 고비가 있겠지만 지난 겨울만큼 힘들지는 않을 거라는 희망을 품어본다. 아마 산이는 모두가 생각했던 것 보다 더 오래 내 곁에 있으리라.

'정성을 쏟아도 되지 않겠지.' 속단했던 일들을 돌이켜 봤다. 기적이라는 건 생각보다 가까이 있구나. 기적을 믿지 않는다고 단념해 버린 일들이 있는지 되새겨 봤다. 어떠한 일에 정성 쏟기를 멈추어 버린 게 아닌지 생각해 본다.

삶이 턱, 하고 무심하게 내려 앉을 때가 있다. 그래도, 그때에도 살아 보기로 한다. 기적은 분명 가까이 있으니.

제2장

무모하게 살고 미련하게 사랑하기를 아픔이 있어도 빛을 잃지 않기를

미련하게 사랑하기를

"왜 상처 주는 사람을 만나요. 언니는 사랑만 받아도 모자란 사람인데."

지극히 '을'의 입장에서 연애를 하고 있을 때, 아끼는 후배가 나에게 해 준 말이다. 백 번, 천 번을 생각해봐도 지극히 맞는 말인데, 그걸 수용하고 싶지 않았다.

큰 이별을 겪고 나면 사랑을 주는 것 보다 받는 것을 택할 줄 알았다. '개 버릇 남 못 준다.' 했던가. 나는 메마른 것 같은 마음의 바닥을 피가 날 때까지 긁고 퍼내어 상대방에게 주었다. 내가 준 마음만큼 진정 상대방을 사랑했냐 하면 그건 아니다. 단지 그래야만 다시는 아픈 이별이 없을 것 같았다. 그런데 마음이란 건 안타깝게도 항상 모자라게 돌아오고 모질게 도망가더라.

이별이나 병치레, 혹은 그 무언가를 극복할 때마다 사람들은 나에게 용감하다 했다. 나에겐 그저 원치 않게 주어진 상처일 뿐이었다. 숨어서 울며 아픔이 조금이라도 가시길 엎드려 기도하는 나날들의 반복이었다. 견뎌낸 나날들이 아까워,

그 오기로 세상을 뜨진 못했다.

그래도 난 내가 준 마음이, 시간이 아깝지 않냐는 질문에는 아니라고 당당하게 대답하련다. 용기가 있어서도 아니고, 남들보다 강해서도 아니다. 다만 일 앞에서는 나방처럼 불에 홀린 듯, 나 자신의 모든 것을 내던지면서 사랑하는 사람에겐 그렇지 못한 이중적인 사람이 되고 싶지 않을 뿐이다. 누군가는 미련하다 하는 사랑의 형태가 나는 그냥 좋다.

적당히 사랑하라는 말을 많이 듣는다. "더 좋은 사람 만나요.", "가볍게 생각해요.", "그냥 헤어져요.", "기다리면 더 좋은 사람이 올 거예요." 말의 형태는 다양하지만 본질은 하나다. '마음 다치지 않게 적당히 사랑하라.' 참으로 낭만이 없다. 서로서로 마음을 다 내어 주지 않아서일까. SNS에는 상처를 위로하는 글들만 가득하다. 수박 겉핥기 식의 관계만 반복된다. 내 한 몸 불사른 내용이 없다. 희생이 결여되어 있다.

상대가 지금 사랑을 부족하게 주는 것 같다면, 한 번 돌아보았으면 좋겠다. 과연 나는 상대방에게 모든 것을 내어 주었는지. 내가 이별 후 당당히 아파할 수 있었던 이유는 그 누구 앞에서도 나는 내 모든 걸 내어주고 사랑했기 때문이다. 상대를 원망하기 전에 자신의 마음을 먼저 돌아보아야 한다.

그리고 다시 한 번, 상처가 두렵지 않은 사랑을 했으면 좋겠다. 결국 우리 모두는 이별한다. 죽음으로 이별하든 관계의 끝냄을 선택하든 이별은 결국 온다. 다만 이별이 왔을 때 주지 못한 마음이 남아 있다면 사랑했던 시간들이 참 후회스럽게만 남을 것 같다. 어쩔 수 없이 구차한 미련이 남을 것 같다.

지극히 사랑하던 사람과 같이 걷던 길에 남아있던 비 냄새가 아직도 기억난다. 이별은 아팠지만 기억은 여전히 아름답다. 항상 미련하게 사랑했음 좋겠다. 다 내어 주었음 좋겠다. 모든 사랑이, 또 그 사랑의 기억이, 남김없이 아름다웠음 좋겠다.

옷깃만 스쳐도 인연이기를

집순이에게 약속을 잡고 나가는 일은 어지간히 귀찮은 일이다. 학생 때는 귀찮다는 핑계로 부스스한 머리에 슬리퍼 질질 끌며 나가고는 했는데, 사회에 나와 사람들의 '시선'이란 것에 대해 배웠고, 꼬질한 내 모습이 만나는 상대방에 대한 예의가 아니라는 것도 알게 되었다.

오랜만에 만난 대학원 동기는 여동생의 연애에 대해 이야기했다.

"걔가 밥을 먹으면서 영상 통화를 해. 그게 데이트래."

신기한 듯 동생의 연애에 대해 설명했다. 어린 동생 커플은 평소에는 학교와 아르바이트로 바쁘니 각자 할 일 하며 시간을 보내고, 밥 먹을 때나 짬이 날 때만 핸드폰으로 영상 통화를 켜 놓고 대화를 나눈다고 했다. 실제로 만나는 날은 거의 없단다. 동생 또래의 아이들 대부분이 그렇다고 했다. 조금 놀라웠다. 관계의 개념에 '만남'이 빠졌다. 이해하기 어렵다.

'언택트un-tact'의 시대는 의도치 않게 찾아왔다. 전염성이 강한 질병이 전 세계를 강타했고, 우리는 필요에 의해 억지로 접촉contact을 멈추었다. 적어도 나는, 그게 억지로 그렇게 된 것이라 생각했다. 서로를 보고 싶어도 볼 수 없는, 애틋함이 있지 않을까 했다. 지극히 필요에 의해 생겨난 개념이라고 생각했는데, 동기 동생의 이야기를 들으면 이미 패러다임은 변화하고 있었던 게 아닐까 싶다.

오지랖이지만 친구의 동생에게 약간의 동정심이 생겼다. 그녀가 놓치고 있는 것들이 안타까웠다. 더운 날씨에도 놓을 수 없는 연인의 손, 같이 맡는 밤공기의 냄새, 서로 양보하려 밀치는 우산, 눈빛에서 느껴지는 애틋함과 뜨거움 같은, 경험하지 못해 누리지 못하는 것들이 동생에게 얼마나 많을까.

사랑의 형태는 다양하다. 그들이 사랑을 하지 않고 있다는 말을 하는 게 아니다. 단지 내가 누렸던 사랑의 느낌을, 그 애틋함과 간절함의 가치를 새로운 세대가 하향 평가하고 있다는 게 안타깝다. 사랑의 기억이 몇 센티 모니터 안에 갇히는 것만 같아 씁쓸하다.

약속에 나가려 꼭 거쳐야 하는 준비 과정을 귀찮아 하지 않기로 했다. 경건한 마음으로 단정하게 준비를 하고 나를 위해 시간을 내어 준 상대방에게 예의를 갖춰 보기로 했다. 정말 옷깃만 스쳐도 인연인 시대가 왔다. 주변 사람의 소중함을 다

시 한번 되새겨 본다. 스친 옷깃들과 추억들을 다시금 되새김

질 해 본다.

모두에게 친절하기를

　　스쳐 지나가는 모든 사람을 친구라 여겼던 적이 있다. 내 하루에 지나가는 사람들 모두에게 마음을 열었다. 나에게는 삶이라는 짐을 짊어지고 가고 있는, 모두가 같은 처지의 '동료'였다. 사람이라는 하나의 동질감 아래 상대를 대할 때 직업이나 사회적 지위를 따지지 않았고, 모두에게 친절할 수 있었다.

　　몇 번 데이트했던 남자는 겉으로 보기에 빠지는 게 없는 사람이었다. 좋은 직업, 좋은 차, 전문직 부모님에 학벌까지 갖춘 그를 내 후배는 꼭 만나 보라며 며칠을 졸랐고, 간곡한 부탁을 반복적으로 거절하는 것도 오만인 것 같아 며칠의 시간을 그에게 내어 주었다.

　　그는 배우를 만난다는 걸 자랑스레 여겼다. 혹은 지나치게 가볍게 여겼던 걸지도 모르겠다. 그는 매번 나를 술자리에 불렀다. 술이 적당히 취하면 그는 마치 내가 트로피인 양 친구들에게 자랑하기 바빴다. 나는 잘난 그와 그 친구들의 이야기에 '배우'라는 이유로 참여할 수 없었다. '배우인 네가 뭘 아냐.'

라는 식의 반응은 마음을 긁었다.

나는 사람을 사람으로 대하는 법은 배웠으나, 사람을 직업으로 대하는 방법은 배우지 못했다. 좋은 직업을 가질 수 있었던 그의 노력은 존경하지만, 그렇다고 해서 그를 딱히 특별하게 대하지 않았다. 그가 나를 존중하지 않는다는 확신이 섰을 때, 나는 마지막을 통보했다.

'나는 나를 존중해 줄 수 있는 사람을 만날래요.'

문자를 보내고 그의 모든 연락을 차단했다.

그의 주위에는 그에게 밥을 사려는 사람들보다 얻어먹으려는 사람이 많았다. 그 이유를 너무 늦게 깨달았다. 안하무인 眼下無人으로 사람을 대하니 '동료'가 없다. 차라리 바보처럼 모두에게 친절했던 나의 과거에 감사했다.

선입견을 가지고 세상의 수많은 잠재적 동료들을 대하지 않았음 좋겠다. '이 사람과는 이렇게만 지내야지.' 선을 긋기 시작하면 결국 그 선 안에 자신이 갇힌다. 망망대해를 혼자 항해하는 조그마한 배의 선장은 될 수 있을지 모르나, 참다랑어를 잡아 기름진 뱃살 맛을 보려면 원양어선에 승선해야 하는 법이다.

세상을 혼자 사는 사람은 없다. 오만에 빠져, 혹은 눈에 보이는 것만 쫓다 놓쳐 버린 인연이 있는 건 아닌지 생각해 본다. 오늘도 모두에게 친절해야지, 다짐해 본다. 내가 혹여 상대보다 낫다고 생각하는 오만이 스며들지는 않았는지 자신을 돌아본다.

나는 돛단배보다는 원양어선에 타련다.

존중하기를

내가 연애했던 남자들은 모두 나에게 결혼하자 했었다. "네가 내 짝이라는 확신이 든다."는 말을 하나 같이 했다. 소꿉장난처럼 한 말들만은 아니었다. 누구는 나를 부동산으로 데려갔고, 누구는 상견례를 강요했다. 처음에는 그게 좋았다. '진짜 사랑인가 보다' 했다. 돌아보니 나는 '이 사람이 나와 평생 함께할 사람이구나.' 느껴본 적이 없다. 그래도 사랑하는 사람이 그렇다 하니, 나도 그런 것만 같았다.

번번이 그들의 약속은 지켜지지 않았다. 포장은 다양하나 헤어짐의 이유는 하나였다. 마음이 떠난 것, 그뿐이다. 어릴 때에는 진지한 관계를 원하는 상대에게 똑같이 진지하게 대했다. 그런데 나에게 가족이 되자 조르다가도 손쉽게 남이 되는 사람들을 겪다 보니 이제는 사랑의 속삭임이 진실되게 들리지 않을 때가 종종 있다.

비슷한 시기에 이별한 친구와 만나 밥을 먹었다. 그녀의 남자친구는 "내가 너에게 부족한 사람이야." 말하며 떠났고, 내 남자친구는 "일이 바빠 너를 신경 쓸 수 없을 것 같다." 했다.

핑계였다. 이제까지 만난 남자들이 도마 위에 올랐다. 둘의 인생에 지나간 남자들만 열 명 남짓인데, 그 많은 사람 중 마음이 떠났다고 용기 있게 인정하고 가는 놈이 없었다. 다들 핑계만 가득했다.

미련하게 사랑한다는 건 선을 넘는다는 뜻이 아니다. 말을 아무렇게나 내뱉고, 약속을 빈번히 어기고 상대를 존중하지 않으라는 뜻이 아니다. 사랑하는 만큼, 존중과 신뢰가 앞서야 한다. 그래야 사랑도, 이별도 달달할 수 있다. 내가 최선을 다해 존중하고 사랑했던 사람과 이별하면 세상은 상대를 욕하지 나를 욕하진 않더라.

무심코 내뱉는 말도 지키려 부단히 노력하는 사람이 있는 반면 자기가 한 말을 기억조차 못 하는 사람이 있다. 내가 내뱉은 말의 책임은 오롯이 나의 것이다. 그로 인해 얻거나 잃는 신용에 대한 책임도 자신이 져야 한다. 그래서 말이 무섭다. 그래서 핑계가 무의미하다. 관계의 시작도, 끝도 바르고 명확해야 한다. 함부로 내뱉은 웅얼거림 몇 번에 어떤 사람은 큰 상처를 받기도 하고, 어떤 사람은 삶을 살아갈 용기를 얻기도 한다.

사소함을 업신여기지 않기를

연기를 공부하고 직업으로 삼다 보니 사람을 분석하고 관찰하는 데에 조금은 눈이 뜨인 걸까. 사람이나 관계에 대한 고민을 들어 보고 조언을 해 준 것이 우연히 몇 번 좋은 결과로 돌아왔고, 나의 친구들은 내가 틀린 횟수보다 옳았던 답들을 기억하고 나를 찾았다.

며칠 전에는 내가 주선한 소개팅으로 만난 나의 지인이 연락이 왔다. 친구로서 아무리 좋은 사람이라도 연인이 되어 가까이 지내다 보면 안 보이던 단점도 크게 보이기 마련이다. 때문에 지인 소개는 피하는 편인데, 둘 다 SNS를 보고 나에게 적극적으로 소개해 달라 조르니 이것도 인연인가 싶어 서로의 번호를 넘겨주었다. 그리고 그들은 사랑하는 사이가 되었다.

언제나 그렇듯 연인 사이의 문제는 아주 사소한 것에서부터 시작된다. 업무 특성상 출장과 세미나가 많은 남자는 항상 피곤하다. 주말에도 제대로 쉬지 못하고 세미나다 교육이다 불려갈 때면 죽을 맛이지만, 그래도 여자와의 약속은 지키고 싶어 데이트에 나간다.

여자 또한 직장 일이 상당히 바쁘다. 그러나 스타트업에 다니는 그녀는 출퇴근 시간이 자유롭다. 일을 미리 끝내 놓으면 긴 여가 시간이 주어지기도 한다. 그녀도 여느 여자가 그렇듯 데이트를 앞두고는 항상 예쁘게 보이고 싶다. 준비하는 데에 한 시간 이상 정성을 쏟는다.

주말 데이트는 보통 다음과 같다. 남자는 여자가 하고 싶은 걸 묻는다. 여자는 답하고, 남자는 그걸 해 주고 싶어 한다. 그래서 여자가 원하는 데이트를 한다. 그리고 남자는 하품을 시작한다. 정말 너무 많이 피곤해서 나오는 하품을 참을 수는 없지만 그녀와의 약속을 저버리기는 싫다. 여자는 눈치가 보인다. 마음이 변한 건지, 이 시간이 지루한 건지, 너무 피곤하면 집에서 쉬지 왜 나왔나 하는 생각에 화가 나기도 한다.

두 사람 모두의 입장이 충분히 공감 간다. 문제는 이 둘이 서로에게 대화를 하는 대신 나에게 고민을 털어놓기로 결정했다는 것이다. '대화' 자체에 겁을 내는 연인들이 참 많은 것 같다. 여러 커플들의 고민을 들어주다 보니 막상 헤어질 만한 큰 이유가 생기면 다 헤어지더라. 꼭 사소한 것들만 사소하기에 서로에게 말하지 못한다.

사소한 것이기에 말하기 더 눈치 보이는 것들이 있다. 그러나 티끌 모아 태산이라는 말도 있지 않은가. 사소한 게 쌓이면 큰 산이 되기 마련이다. 내 솔루션은 "서로에게 말해 봐." 였다. 그 정도 문제는 들어줄 수 있을 정도의 성인이 아닌가. 맥주 한 잔씩 두고 이야기를 나눴다 했다. 언제 그랬냐는 듯, 그 둘은 깨를 뿌리는 중이다.

사소한 불씨는 참으로 허무하고 쉽게 꺼진다. 어떡하지 당황하거나 괜찮겠지 내버려 두면 산불이 되는 법이다. 다 타버리고 후회해 봐야 무슨 소용 있는가. 그래서 사소한 것일수록 진중하고 소중히 다뤄야 한다. 꺼내어 보여야 한다. 티끌이 모아 된 태산이 비옥한 사랑의 양분으로 쌓아 올린 것이었음 좋겠다.

따뜻한 말은 먼저 내뱉기를

서초동 법원 사거리에 자리한 고목을 본 적이 있는
가. 어지러운 도심의 매연 속 자리한, 초라하다고 하기에는 정
취가 물씬 풍겨지는, 가녀린 가지가 사계절 푸르른 그 나무를
나는 참 좋아한다. 그래서인지 주렁주렁 달고 있는 링거줄이
아프다. 나무는 그렇게 900년 가까이를 살았다고 한다.

비옥한 땅에서 자랐어도 가뭄이며 홍수며 견딜 재해가 많
았을 텐데, 친구도 없는 삭막한 도심 속에서 한 천 년을 버티
고 사는 게 쉬웠을까. 몇 번이고 갈아 엎이는 도로와 건물들
을 보면서도 나무는 자기의 기둥을 넓히지 못했다. 고독한 삶
을 위태롭게 버텨냈다. 고목을 돌보는 몇몇의 사람들이 아니
었다면, 벌써 신령이 되었을지도 모른다. 그렇게 사그라들 듯
한 생명이 아스팔트 밑 땅에 뿌리를 박고 사람들의 도움을 받
아 세월을 견디어 가고 있다.

천 년 가까이 살며 온갖 풍파와 세월을 겪어온 나무 한 그루
조차 따뜻한 손길이 필요하다. 고작 오래 살아 봐야 한 백 년인
사람은 어떻겠는가. 뿌리 내릴 곳도 없이 태어난 우리들은 직접

땅을 일구며 살아가야 한다. 그래서 더 흔들리고, 그래서 더 춥고, 그래서 더 아픈 마음들이 많은 걸지도 모르겠다.

따뜻한 말 한마디가 절실한 순간들이 있다. 꼭 절망의 순간이 아니더라도 그냥 하루 끝에서 잘했다, 오늘도 잘 견디어 냈다, 괜찮다는 그런 사소한 말들이 듣고 싶어 이불을 머리끝까지 쓰고 그 따뜻함을 느끼려 버둥거려 본다. 안부를 묻는 지인의 문자에 금세 또 이불을 걷어낸다.

인간은 본래 혼자 살 수 없는 동물인가 보다. 그래서 같이 있으라 외로움이 존재하고, 이별에 슬퍼할 가슴이 존재하나 보다. 혹여 나처럼 이불 속에 웅크려 있을 친구들이 있을까 괜시리 핸드폰을 토닥거린다. 문자로 보내는 '뭐 해' 한마디에 미소 지었으면 한다.

따뜻한 말을, 마음을, 손길을 먼저 건네 본다. 초라해 보였던 하루가 고귀한 것임을 알기를, 연약한 자신도 친구가 있다는 걸 알기를, 힘들어도 괜찮다는 걸 알기를, 사랑의 마음이 싹트기를 바라 본다.

반짝이는 마음을 지니기를

정신없는 하루의 끝에서 지친 마음이 밀려온다. 앞으로 가려 열심히 헤엄치는데, 파도는 자꾸만 나를 제자리에 있게 했다. 밀물과 썰물은 번갈아 가며 찾아온다는 걸 머리로는 분명 아는데, 내 마음은 또 나약하게 가라앉아 버리고 만다.

고양이 산이와 누워 SNS나 뒤적이고 있는데, 후배에게 문자가 왔다.

'언니 집 앞 지나가고 있어요. 안 자면 지나갈 때 손 흔들어 주세요!'

그녀도 마음이 답답했었나. 밤늦은 산책을 하는 모양이었다. 보름달이 뜬다고 해 잠깐 보러 나왔다 했다. 밤늦게 걸으며 나를 생각해 준 그 마음이 고마웠다. 달을 보며 고민을 털어 버리고 소원의 마음을 품어 보는 그 시간의 일부에 내가 있다니 괜스레 울컥했다.

어두운 곳에서 달빛을 받으며 서 있는 그녀를 찾아 힘껏, 창밖으로 손을 흔들어 주었다. 손을 흔드는 나도, 그 인사를 받는 그녀도 서로의 모습이 우스워 깔깔댔다. 그렇게 우리는 하루를 털어 버렸다. 마음이 힘들다고 침대에서 웅크려 있는 내가 있는 반면, 밖에 나가 씩씩하게 고민을 털어 버리고 주위 사람들을 돌아봐 줄 수 있는 넓은 마음을 가진 예쁜 사람도 있다. 비가 올 거라는 일기 예보와는 다르게 유난히 맑았던 밤하늘의 별처럼 그녀의 마음이 반짝반짝 빛났다. 특별함이, 참으로 소소한 곳에서 온다.

언제부터인지 누군가가 보고 싶은 마음이 생기면 전화를 걸기보다 그들의 SNS에 접속하기 바빴다. '잘 살고 있네.' 생각하고 넘어가면 그만인 게 버릇이 됐다. 직접 안부를 물을 법도 한데 그게 참 안 된다. '여기 누가 사는데.' 생각하고 넘기는 것과 '누구의 집인데 혹시 있다면 창 너머라도 인사나 해 볼까.' 하는 종잇장 같은 생각의 차이가 관계의 깊이를 정한다. 그날의 그 소소함은 나의 하루를 참으로 특별하게 만들었다.

어쩌면 가까이 있어 더 소홀했었던 나의 소중한 친구들에게 문자를 보내 본다. 안부 인사는 식상한 것 같아 바쁜 하루 중 한 번 웃으라 재미있는 영상 링크를 공유했다. 나의 소소한 마음이 특별하게 다가갔음 좋겠다. 누군가의 하루에 별이 되었으면 한다.

강건하기보다 유연하기를

　낯선 나라에 떨어져 십여 년을 사는 건 어린 나에게 결코 쉬운 일이 아니었다. 낯섦이 일종의 방어기제를 작동시켰을까. 다른 사람이 나에게 해를 가하지 않게 하기 위해 나는 더 정확해야 했고 냉정해야 했다. 나의 차가움은 무서운 세상을 헤쳐 나가는 나름의 전술이었다. 처음 한국에 돌아와 사회생활을 시작했을 때, 나는 지독히도 냉정하게 동료들을 대했다. 1원도 손해 보려 하지 않았고, 필요하지 않은 상호 작용은 최소화했다. 때문에 친구는 없었으나 나를 저격할 적도 없었다. 그리고 그게 삶을 사는 맞는 방법이라 생각했다.

　친한 선배는 나와는 정반대인 사람이다. 조금은 까칠하고 차갑게 홀로 세상의 길을 걸어가는 나에게 먼저 손을 내밀어 주었다. 외로운 날이면 밥을 사 줬고, 힘든 날엔 가만히 내 옆에 있어 줬다. 그의 친절에는 조건이 없었다. 나는 그게 고마웠다. 친구도, 적도 없는 모래사막 속에 바람을 막아 줄 동료가 생긴 기분이었다.

　한편으로는 그가 답답했다. 저렇게 세상을 마음 좋게 살다가 누군가에게 이용당하지 않을까, 괜한 피해를 보지 않을까 괜한 오지랖을 부렸다. 애정이 박했던 나란 사람이 애정을 표현하는 방식이었다. 여느 때처럼 같이 밥을 먹으며 잔소리를 늘어놓고 있는데, 선배가 한마디 했다.

"내가 주위 사람들에게 베푼 덕으로 나와 함께 밥을 먹어주는 네가 있는 거야."

마음에 울림이 일었다. 지독히 무서웠기에 지독히 차가워야 했던 내 마음이 보글, 끓어올랐다.

조건 없이 누군가를 믿고 의지하고 사랑한다는 건 참으로 어려운 일이다. 그러나 이제는 사랑에 대해, 희생에 대해 믿어야 하는 때가 오지 않았나 싶다. 나는 그의 말을 세상이 나에게 주는 어떤 신호라 받아들였다. 베푸는 만큼 돌아온다는 말이 선배를 보면 틀린 말이 아니더라.

손해 볼 줄 아는 용기를 가져 보기로 한다. 지독히도 강직하고 냉정했던 나의 편의를 지켜 준 지난 십 년간의 주위 사람들에 대해 감사한 마음을 가져 본다. 강건하기보다 유연해지기로 한다. 그래야 나도 애정 어린 잔소리를 늘어놓는 후배 몇 명과, 실없는 소리로 전화하는 친구들과 살 부대끼면서도 싸우는 가족과 함께 그렇게 복작거리며, 그렇게 나누고 베풀며, 그렇게 사랑하며 살 수 있겠다.

상처에 묶여 있지 않기를

　　많이 추웠지만 구름 한 점 없이 맑은 날이었다고 기억한다. 책을 써 보지 않겠냐는 과분한 제의가 들어왔고, 반은 긴장, 반은 설레는 마음으로 자동차 시동을 걸었다. 매일 지나가는 사거리를 지나치며 '햇살이 참 따뜻하다.' 생각했을 때, 그의 차를 보았다. 기분이 묘했다. 상처를 많이 주고 떠나간 사람을 마주치면 화가 나야 할 것 같은데, 안쓰러운 마음이 먼저 들었다.

　'형 회사 갑자기 그만뒀대요. 뭐 아는 거 있으세요?'

　너의 후배는 고민 끝에 했을, 나는 고민 없이 삭제한 그 메시지가 기억났다. 나는 새로운 일을 시작하고 좋은 일도 참 많이 생겼는데, 아직도 너는 과거에 머물고 있는 모양이다. 네가 주었던 상처에, 그 시간에 발목을 잡힌 모양이다.

　그래도 진심으로 행복하기를 바랐었다. 너와 함께한 시간들이 너무나 소중했기에, 나에게 사랑이라는 걸 알려준 네가 따뜻한 삶을 영유하기를 기도했다. 나의 친구들은 간간이 내게 이별의 안부를 물었다. 나는 어떤 사람을 사랑했었나. 이제는 잘 모르겠다고 답했다. 그리고는 또 네가 나에게 준 외로움의 상처를 망각했다. 유난히 친구가 없던 네가 너무 고립되어 있지 않을까 걱정했다.

인생의 큰 부분을 잃었다고 생각했었다. 마땅한 이유 없이 떠나간 사람의 잘못까지도 내 탓일 거라 자책하며 많은 날들을 눈물로 보냈다. 상처를 되갚아 주고 싶었고 잘 사는 척 시늉에 많은 힘을 쏟았다. 잘못한 건 내가 아님에도 나는 내 자신을 감정적으로 혹사 시키며 참 오랜 시간 자신을 고문했었다. 그런데 세상의 이치라는 것은 참으로 신비해서 나에게 큰 상처를 준 너는 결국 업보를 껴안은 모양이다. 그를 원망하며 상처에 찌들어 아파했던 시간들이 아까워졌다.

이별에, 상처에 복수하려 아등바등하지 마라. 잘 살아 보이려고 발악할 필요도 없다. 결국 세상은 섭리대로 돌아가고, 나에게 상처 준 사람은 남에게도 똑같은 상처를 받으며 자연스레 사회에서 도태되더라.

생각해보면 이별이란 모두가 겪는 일 아닌가. 그 아픔을 이해하지 못하는 사람은 없을 거라 생각한다. 지금에 와서야 내가 후회하는 건, 상처받았다는 이유로 나를 자책하고 내 감정을 끌어안아 주지 못한 것. 남에게 나의 슬픔이 보일까 한

없이 참기만 했던 것. 슬픔에서 벗어나려고 발버둥 친 시간이 슬퍼한 시간보다 많다는 것. 충분히 아파할 만큼 여유롭지 못했던 것. 그뿐이다.

혹여 누군가를 떠나보내고 있다면, '이별'이라는 단어에 집착해 자책하지 않았음 좋겠다. 충분히 슬퍼하고 충분히 위로하되 아픔이 그대를 잠식하게 놔두지 말았음 좋겠다. 가슴 아픈 이야기지만 이별은 생각보다 흔하고, 흔한 일에 '나'를 갉아 먹기에 그대라는 사람들은 너무나 찬란하다.

범람하지 않기를

　　"감정 소모하지 마."라는 말을 참 많이 듣고 살았다. 친구와 문제가 있을 때에도, 사랑으로 고민할 때에도, 일하는 사람들과 충돌이 있을 때에도 고민을 털어놓으면 으레 감정 소모하지 말라는 답이 돌아왔다. 그래서 남에게 마음 쓰는 내 행동이 잘못된 것이라 생각했다. 나약한 것이라 생각했다. 약육강식의 현대 사회에 알맞지 않은 것이라 생각했다. 아마 이 책의 어딘가에도 그렇게 생각했던 나의 모습이 묻어나 있을지도 모르겠다.

　　'소모'라는 것은, 한정된 무언가를 써서 없앨 때 쓰는 단어이다. 그런데 내 마음은 마치 동화 속에나 나오는 마르지 않는 샘물 같아서, 그 생명력에 한계가 없다. 자꾸만 끊임없이 사랑을, 상처를, 미움을, 아픔을, 동정을, 공감을 뿜어내어 샘을 채웠다. 이렇게 수위가 차다간 댐이 무너져 범람할 것 같은 느낌이 울컥 들곤 한다.

　　큰 착각을 하고 있지 않았나 싶다. 무한으로 생성되는 어떠한 것을 '소모'한다는 역설을 아무런 의심 없이 덜컥 믿어 버렸다. 그래서 한없이 착해지려 했고, 감정을 숨기려 했다. 감정에 하루가 흔들리는 날에는 나 자신을 가혹하게 자책했다. 마음을 돌아보는 일을 소홀히 하니 나는 그냥 소홀히 해도 되는 사람이 되어 있었다.

성과를 도모하고 목표를 지향하는 삶은 얼마나 대단한가. 다만 이 대단한 걸 영유하려면 다부진 끈기와 노력뿐만이 아니라 자신의 감정을 되돌아볼 수 있는 용기도 필요하다. 가끔은 실패 앞에 나약해지고, 사랑과 우정 앞에 무릎을 꿇을 줄도 아는 자세를 포용하는 진정한 용기가 필요하다. 나는 그걸 몰랐다. 기계처럼 결과를 뽑아내는 데에 급급했다. 그래서 내 마음은 기름칠하지 못해 삐걱거리는 기계 같다.

감정이란 마음의 물은 방류해주지 않으면 썩고, 곪는다. 어쩌면 감정을 소모했던 일들이, 그 용기가 나를 성장하게 하고 더 건강하게 하는 밑거름이 되었던 걸지도 모르겠다. 감정을 가진다는 건 인간으로써 너무나 당연한 일이고, 이 자연스러운 행동에 부자연스러운 브레이크를 거는 일은 하지 않아야겠다. 너무 많이 아파하지는 말되, 아픈 마음을 자책하진 말아야겠다. 내 감정을 울음으로, 웃음으로, 씁쓸함으로 일말의 희망으로 흘려 본다.

그러니 그대, 범람하지 마소서.

선명한 관계를 지향하기를

　　나는 많이 우둔한 편이다. 한참 사랑을, 우정을 나누고 관계에서 벗어났을 때에나 비로소 그 관계가 나를 뿌옇게 만들었구나, 깨닫곤 한다. 겪고 보니 상대방이 나를 선명하게 만들지 않는 관계는 건강한 관계가 아니더라.

　빈말이라도 나를 예쁘다고 말해주는 친구가 있었다. 사소한 언쟁이나 다툼에서도 나의 잘잘못을 따지기보다는 왜 그런 다툼이 시작되었을까 먼저 생각해 주는 친구. 나의 잘못을 따지기보다는 본인의 잘못을 늘어놓고 이래서 상처 받지 않았을까 묻고, 사과도 당당히 요구했던 친구. 어렸던 나는 참으로 어리석어, 사과를 요구하는 것이 나를 존중해 주는 행동임을 인지하지 못했고, 우리의 우정은 나의 미성숙함 때문에 너무나 허무하게 무너졌다.

　그 친구가 인생에서 지나간 지 2년 정도 되었을 때 내가 만났던 남자는 정반대의 사람이었다. '너는 이게 부족해.', '이건 고쳐야 해.', '옳지 않아.' 본인의 시야 안에서 느끼는 최대한의 사실을 거리낌 없이 말해 줘야 나에게 도움이 될 거라고 생각했던 그런 사람. 당시에는 지극히 이성적이고 객관적이라고 생각했던, 그래서 칼이 되는 말들도 오롯이 피 나는 상처로 받아들이며 참아 낼 수 있었던 사람. 관계를 끝내고 보니 그저 지극히 개인적이었던 사람. 한 명의 의견이 내 전부가 되어 내 세계를 흔들었던 그런 사람. 그 사람과 헤어지고 나서야 나는 사과를 요구하던 친구의 고마움을 알았다.

입 발린 소리만으로 소위 말하는 '가식적인' 관계를 지속해 나가야 한다고 주장하고 싶진 않지만, 한 사람의 주관적인 의견에 나를 끼워 맞출 필요는 없다는 깨달음은 나누고 싶다. 성인이 된 지 십 년이 넘은 사람들 중 입 발린 소리 구분 못 할 사람이 몇이나 될까. 따뜻한 빈말이 지친 하루의 끝에서는 더 필요할 때가 있다.

일이 바빠지니 누구와 시간을 보내야 하는지에 대해 고민도 같이 늘어나는 중이다. 어제는 친구와 두 시간 가까운 통화를 했다. 연애 문제로 고민이 많은 모양이었다. 누가 봐도 착하고 조건 좋고 자기한테 잘하는 사람인데, 만나는 시간들이 딱히 즐겁지 않다고 했다. 그 사람이 내어 주는 것들을 존중하는 마음을 애정으로 돌려주어야 하는 강박도 있다 했다.

무디어 보이는 사랑 속에서도 몽글함은 있다는 걸 알기에 친구의 관계에 조언을 늘어놓진 않았다. 다만 너무나 아름다운 웃음을 가지고 있는 내 친구가 웃음을 잃지 않았으면 좋겠다고 생각했다. 하루 끝에서 고민 상담이 아닌, 지금의 남자친구와 사랑의 말을 나눴음 했다. 100번을 만나 100번 웃을 순 없어도, 앞으로 만날 100번에 대한 기대감은 있었으면 좋겠다고 생각했다.

그리고 나를 돌아봤다. 내가 만나고 있는 사람들은 나에게 기대감을 주는 사람들인가. 혹은 나는 그들에게 그런 사람일까. 세상을 다 가진 것 같은 행복을 줄 자신은 없지만, 그래도 만나는 시간이 기다려진다는 소리를 들을 수 있는 사람이 되고 싶다. 그래서 우리의 관계가 선명했음 좋겠다. 내가 당신을, 당신이 나를 오롯이 비추어 주었음 좋겠다.

무조건적인 사랑을 믿기를

나는 두 마리의 고양이를 키운다. 청靑 그리고 산山. 푸르른 산이라는 이름과 맞지 않게 유달리 덩치가 작고 귀여운 애네들은 다음과 같은 계기로 나의 식구가 되었다. 청이는 내가 십여 년 살았던 나라와 작별할 때 그리움 대신 왔다. 산이는 내가 이 년 반을 함께한, 아직도 너무 사랑하는 작품 '꽃의 비밀'의 공연이 끝나갈 때 공허함 대신 왔다. 두 고양이 모두 나의 이별을 대변하는 셈이다.

애네들의 직업이 반려묘라고 치면 주된 업무는 '귀엽게 존재하기', '마음의 평안 주기', '주인이 울 때 옆에 있어 주기.' 정도가 되겠다. 자존심이 세 밖에서는 씩씩한 척하다가 집에 와서야 와르르 무너지는 주인을 둔 고양이들에게 주어진 업무 할당량은 상당한 편이다. 그렇다고 보상으로 특별한 걸 받는 건 아니고 맛있는 사료, 따뜻한 집, 쥐돌이 인형, 주인의 과도한 사랑 정도인데 아직까지 그리 불만이 있어 보이진 않는다. 원만한 노사 협정이 이루어진 셈이다. 나의 고양이들은 나를 미련 없이, 조건 없이 사랑한다. 기다림에, 따뜻함에, 친절함에, 골골송에 대가를 원하지 않는다. 그저 나를 기다리고 내가 오면 행복하다.

　작년 겨울, 산이의 병이 상당히 악화된 적이 있다. 사료를 거부하고 헛구역질을 몇 번이고 해댔다. 정신적으로 의지를 많이 하던 아이라 하늘이 무너지는 것 같았다. 일주일의 입원 치료 후 좀 나아져 집에서 케어를 해 줬는데, 잘 지내다가도 날이 궂으면 힘없이 늘어졌다.

　미련 없이 나에게 주었던 산이의 사랑을, 나는 어떻게 보답해야 하나 끊임없이 고민했다. 내가 혹여 내 욕심에 가고 싶은 생명을 억지로 붙잡아 놓고 있는 건 아닌지, 치료는 편했는지, 혹시 숨 쉬는 것조차 힘이 든 건지, 생각하다 보니 끊임없이 울었다. 그리고 내가 울 때마다 산이는 나에게 와 안겼다. 내가 힘들어하면 같이 힘들어했다. 그리고 내가 울음을 그치고 산이를 안아주면 이내 총명한 눈빛으로 나를 보았다.

　여러 치료를 병행하며 꽤나 건강해진 산이는 아직도 내 머리맡에서 잔다. 이따금 내 방문 앞을 지키거나 쥐돌이를 물어와 선물하기도 한다. 어려울 때 자신을 지킨 걸 아는 모양이다. 산이가 나에게 준 사랑에 비하면 내가 큰일을 했다고 생각하진 않는데, 미련한 사랑에 대한 보답이 생각보다 간단한 것일 수도 있겠다. 그저 주는 미소 한 번과 되돌려주는 따뜻한 마음이 큰 보답이 될 수도 있구나.

세상에 무조건적인 사랑은 없다고 흔히들 말하지만, 나는 그 말을 믿지 않는다. 곳곳에 샘물처럼 보그르르 솟아나는, 별거 아닌 것 같아 보여도 누구에게는 온 세상을 다 가진 것 같은 그런 사랑도 분명 있다.

산이야, 내려와. 모니터를 가리면 엄마가 글을 못 쓰잖아.

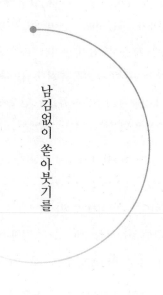

남김없이 쏟아 붓기를

끝나고 나서야 상대를 향한 내 마음이 꽤 컸구나 깨닫는 관계가 있다. 사랑 주는 방법이 틀렸는지, 나 자신을 오롯이 내놓는 게 무서웠는지, 아니면 단순히 관계라는 것에 우둔했던 건지 생각들이 스친다. 후회가 남는다. 그래서 안부가 궁금하다. 더 잘해줄걸, 안타까워한다. 연락해 볼까 수만 번 고민한다. 사람들은 미련이라 하고 나에게는 여전히 사랑이다.

친구들은 하나같이 이렇게 말한다. "어차피 다시 만나도 똑같을 거다." "재회는 꿈도 꾸지 마라." "더 좋은 사람 나타날 거다." 분명 맞는 말처럼 들리는데 내 가슴은 자꾸만 아니라고 한다. 나도 반대의 입장에서는 그렇게 얘기했었다. 내 연애에는 잼병이면서 남의 연애에는 전문가가 되더라.

그래도 재회할 사람들은 꼭 하더라. 난 이 재회에, 미련에 찬성하기로 했다. 사랑에는 어떠한 할당량 같은 게 있어서, 내 마음을 다 쏟지 못하면 끝나지 않더라. 다른 사람을 만나도 이전의 관계가 생각나고, 날들은 분명 가고 있는데 상대의 향기는 그대로 남아있더라. 우리는 끝낸, 나에게는 끝나지 않은 사랑을 나는 하고 있었다.

남들이 뭐라든, 다시 재회하고 사랑하고 질척이고 다투고 있는 힘껏 그 마음을 다 쏟기를 바란다. 재회를 성공했던 이제는 짝사랑이 된 사랑을 계속 하고 있던 마음에 남아 있는 사랑을 다 쏟아부었음 한다. 다 쏟아붓고, 마음도 몸도 지치면 그때 자연스럽게 끝나도록 두면 된다. 서두를 필요 없다. 이성과 감성이 충돌하지 않을 때, 그 접점에서 비로소 이별하면 되지 않겠나.

그렇게 빈 공간을 만들어야 다른 사람이 들어오기 편하지 않겠는가. 미련을 남기지 않을 만큼 끝까지 사랑을 해 본다는 건 다음에 올 사람에 대한 배려이기도 하다. 내가 만나는 상대의 가슴에 다른 사람이 아직 남아 있다면 그보다 슬픈 일이 없겠다.

서로가 관계 속에만 있어야 사랑이라고 사람들은 단정한다. 그러나 사랑은, 언제나 그렇듯 단정 지을 수 있는 것이 아니더라. 재회를 바라는 나의 마음도, 미련이 남은 그대의 마음도 혹은 짝사랑을 계속하고 있는 누군가의 마음도 결이 다를 뿐, 다 같은 사랑이다.

그러니 남김없이 쏟아붓자. 좀 구질구질하면 어떠한가. 일할 때는 부조리한 일들도 참고 견디면서 사랑 앞에만 서면 한없이 강해지려 하는 그 고집을 버려보자. 그렇게 비워내고, 털어내고, 또다시 채우고, 미련하게 사랑하고 싶다.

제3장

무모하게 살고 미련하게 사랑하기를 **아픔이 있어도** 빛을 잃지 않기를

아픔 없는 삶은 없다

아침 댓바람부터 일어나 마스크와 모자로 무장을 했다. 삼 개월마다 한 번씩 하는 이 일에도 인이 박여 이제는 이런 복장이 답답하지도 어색하지도 않다. 병원으로 가는 길에선 항상 착잡한 마음이다. 그냥 통상적인 검진일 뿐인데, 오랜만에 쐬는 햇볕의 따뜻함조차 아팠던 날의 기억을 상기시켜 마음이 편치 않다.

만 27세, 나는 경계성 종양 진단을 받고 꽤 큰 수술을 받았다. 내 나이대엔 찾아보기 힘든 희귀한 질병이랬다. 때문인지 처음 방문했던 병원에서는 암이라고 오진을 내렸다. 여러 병원을 전전한 끝에 전문의를 찾을 수 있었고, 수술 후 경과가 좋아 항암이나 방사선 치료 없이 투병 생활을 끝낼 수 있었다. 투병이 끝났다고 병이 완치된 건 아니라 했다. 2년 동안 재발이 없어야 비로소 안심할 수 있다고 했다. 그리고 오늘이 딱 만 2년째 되는 날이다.

"건강해. 걱정하지 마." 교수님의 말씀에 안도가 되면서도 잘 믿어지지 않았다. 괜찮구나. 나 이제 아프지 않구나. 지독한 악연이라 생각했던 병과의 안녕도 이별은 이별인지 받아들이기가 쉽지 않았다.

투병 생활에 대해 고백하고 글로 써야겠다 결심하기까지 참 많은 고민이 있었다. 몸이 재산인 배우 생활에 직업적 약점이 될까. 사람들이 날 쓸데없이 동정하진 않을까. 그런 걱정에 예능 프로그램 출연 때마다 '금수저' 악플 세례를 받았을 때에도 나는 내 병을 이용해 반박하지 않았다. 그런데 오늘은 완치 판정도 받았겠다, 이제는 숨기고만 있었던 나의 약점 아닌 약점을 당당한 마음으로 고백하려 한다.

겉만 번지르르해 보이는 내 삶을 혹은 타인의 삶을 부러워하거나, 질투라는 명목 아래 질타하는 중이라면 반성하길 바란다. 세상이, 생각보다 공평하더라. 아픔 없는 삶은 없고 보이는 것이 다가 아닐 때가 태반이더라.

동시에 나 자신도 반성의 마음을 가져 본다. 투병 중 빼앗겼던, 누군가는 누렸던 그 시간을 부러워했다. 아프지 않고 어여쁜 삶을 사는 친구들이 나와는 동떨어진 세계에 사는 사람처럼 느껴져 마음의 문도 잠시 닫았었다. 세상에 안 힘든 사람 없다는 걸 알면서도 그걸 수긍하는 게 참으로 어려웠었다.

아픈 건 내 죄가 아님에도 불구하고 투병 경험을 약점이라 생각했던 나 자신에게 참 미안하다. 아픈 기억과 경험에 의존하여 나는 얼마나 많은 것에 조심스러웠던가. 조금만 달리 생각해 보면 남들보다 조금 일찍 한 투병의 경험은 배우에게 있어서는 큰 재산이다. 의도치 않게 얻은 풍부한 삶의 경험으로 남들이 이해하지 못하는 것을 나는 조금 빨리, 좀 더 깊이 이해하고 표현할 수 있으리라. 난 이 황금 같은 경험을 돌 취급했었다.

우리는 대부분 극복하려고 노력해도 모자란 시간을, 아픔을 외면하는 과정에 쏟는다. 어떠한 것을 '인정'하는 행위는 유독 '아픔'이란 단어 앞에서 느려지고 무뎌진다. 아마도 성장한다는 것은 '아픔' 자체가 아니라 '아픔을 수용하는 자세'에서 나오는 게 아닐까. 인생이라는 큰 틀 안에서 돋보이는 사람들은 자신의 아픔과 약점을 수용하고 그것에 대해 당당한 사람들이더라. 인정하고 드러낼 때 비로소 빛난다는 것을 나를 비롯한 많은 사람들은 잊고 산다.

병원에서 돌아오는 길, 아까와 똑같은 따뜻한 볕 아래서, 다시 아픔이 찾아오기 전까지 한없이 빛나고 있어야지, 다짐했다.

외로움은 공평하다

꽃가루 알레르기가 심한 나에게 봄은 아름다운 만큼 괴로운 계절이다. 흐드러지는 벚꽃은 눈에게는 호강이나 호흡기엔 최악이다. 바람에 날리는 꽃비가 너무나 아름다운데, 가지 밑에 서서 한껏 꽃바람을 맡고 싶은데 향기는 맡지 못하고 멀리서 바라보기만 한다.

미팅을 끝내고 집으로 돌아가는 길, 유난히 맑은 하늘 아래 핀 벚꽃이 너무 예뻐 근처에 잠깐 차를 세웠다. 밖에 내려서 걸어 다니기엔 알레르기가 무서워 차 창문을 빼꼼 열어 놓고 멀리서 한참 벚꽃을 바라봤다. 그러다 문득, 아주 조금, 슬퍼졌다.

유명한 어머니, 같은 길을 걷는 딸, 금수저, 브레인, 수식어들이 나를 따라붙는다. 너무나도 화려하다. 내 입장에선 과분하고 어느 대중에겐 그저 과하다. 그래서 막연한 동경 혹은 질투가 따라다닌다. 그래도 나에겐 봄바람 같은 관심이다. 그런데 관심만 가득하고 막상, 와서 향기를 맡으려는 사람이 없다.

"요즘 바쁘지?" 배우가 된 이후로 지인들은 약속 잡는 걸 어려워한다. 간단히 집 앞에서 밥이나 커피 정도는 얼마든지 할 수 있는데. 스포트라이트 아래에 있다고 해서 주위에 사람이 많은 건 아닌데. "밥 먹자." 한 마디 해줬음 좋겠는데 내가 항상 바빠 보이고 주위에 사람이 많아 보이는 모양이다.

가족들과 같이 사는 나에게 '외롭다'는 말은 조금 비약인 것 같고, '간간이 공허함을 느낀다.' 정도가 정확한 표현이겠다. 향기 맡기 어려운 꽃, 그게 나다.

가깝게 지내던 언니가 있다. 그녀의 분야에서 인정받는 성공한 여성이었고, 돈도 착실히 모아 운용한 덕에 좋은 집도 있었다. SNS 사진들 하나하나가 너무 화보 같아서 세상에 부러운 게 없을 것 같은, 다른 세상에 사는 듯한 언니였다.

같이 맛있는 거 먹자고 연락이 와 저녁 자리를 함께했다. 혼자 와인을 홀짝이던 언니가 적당히 술기운이 올랐는지 자신의 인생 얘기를 들려주었는데 참으로, 정말 믿기 힘들 정도로 파란만장했다. 겉으로 보이는 모습 뒤에 깊은 심연이 있었다. 언니는 외로운 사람이었다.

외로움은 공평하다. 겉이 화려하든, 돈이 많든 적든, 명예가 있든 없든 모두에게나 주어진다. 외로움은 상대적이지 않다.

외롭다는 감정은 주관적이고 절대적이다. 그리고 쉽게 드러나지 않는다. 그럼에도 우리는 자기 자신과 타인을 끊임없이 비교하며 누군가의 쓸쓸함을 그러려니, 치부하는 경우가 많다.

벚꽃을 보며 내 주위 사람들을 마음으로 곰곰이 둘러봤다. 막상 겉포장을 뜯어보면 본인의 알맹이가 초라하다고 느끼는 사람들이 참 많았구나. 나는 그 아픔을 암묵적으로 묵인하고 있었던 건 아닌지 반성했다. 공허함이나 외로움을 느끼지 않는 사람은 없다. 그럼에도 나는 나만 외로움을 느끼는 양 이기적으로 살았다.

봄이 왔다 가고, 꽃이 피고 지는 것이 우리의 삶과 닮아 있다. 행복한 순간에도, 그렇지 못한 순간에도 시간은 가고 계절은 바뀌며 봄은 다시 온다. 다만 봄이 왔을 때 기뻐할 수 있으려면 함께 겨울을 잘 이겨내야 하는 법이다. 개화開花의 시기의 아름다움은 태동하는 봉우리에 따뜻한 다독임에서 시작된다. 나 피느라 바빠 옆 꽃의 고독함을 이해하지 못한다면 꽃이 핀들 아름다울까. 벚꽃은 비가 되어 떼로 흩날릴 때가 가장 예쁘더라.

나약함은 소중하다

수술 전날, 아버지는 삶과 죽음의 경계 어딘가로의 여행을 앞두고 있는 딸을 찾았다.

"너는 사막에 떨어져도 물을 찾아 살아날 아이다."

부모가 주신 몸뚱아리 하나 지키지 못하고 병이 생겨 배를 갈라야 한다는 딸을 원망해도 모자란데, 아버지는 나를 위로했다. 그 마음이 찢기고 찢겨 먼지처럼 흩날려 떨어질 텐데, 아버지는 이내 억지로 찢긴 마음들을 주워 모아 억지로 단단히 만든 모양이었다.

자식 중 태생이 불효자가 아닌 사람이 없어, 나는 또 그런 아버지가 미웠다. 왜 위로의 말을 건네지 못하는지, 왜 울지 않는지, 왜 내가 강하다고 자꾸만 말하는지 그게 싫었다. 어쩌면 마지막이 될 수도 있는 순간을 지독히 냉담하게 보내려 하는 마음을 헤아리지 못했다. 그리고 언제나 그랬던 것처럼 아버지는 옳았다. 나는 살아냈다.

내가 중환자실에서 일반 병실로 옮기고 아버지가 나를 다시 찾았을 때는 내가 침대에서 겨우 고개를 들 수 있을 정도였다. "내가 말했잖니." 아버지는 또 그렇게 무뚝뚝했고 죽음 앞에 다녀와 걷는 법을 잊은 딸에게 아기 때 그랬던 것처럼 걸음마 연습을 시켰다. 아픈데, 너무 아픈데 욕창은 또 무서워 발바닥에 힘을 줘봤다. 그렇게 나는 걷고, 마시고, 먹는 걸 처음부터 다시 배웠다. 생명이라면 기본적으로 할 수 있는 섭취와 배설을 다시 정상적으로 하기까지 정확히 두 달이 걸렸다.

그러고도 나는 살았고, 그러고도 나는 열정적으로 일했다. 언제 그런 일이 있었냐는 듯 웃었다. 나에게 강하다고 말하는 사람들을 어느 정도 이해한다. 그러나 나의 강함은 내가 만든 것이 아니다. 단지 경험과 환경이 그랬을 뿐이다. 아버지가 내가 어떠한 환경에서도 살아남으리라 말했던 건, 아마 그 당시의 내가 아닌 아픔 이후의 강해진 나를 두고 했던 말이었나 보다.

강해지고 싶어 강해지는 사람은 없다. 그러니 본인이 나약하다고 걱정할 필요가 없다. 시련은 누구에게나 찾아오고 사람은 원치 않게 성장한다. 그래서 용기 내지 않아도 된다. 당장의 슬픔을, 아픔을, 고난을 이겨내려 너무 애쓰지 않아도 된다. 어려운 문제 앞에서 자책할 필요도 없다. 자연스레 내가 성장하도록 여유를 주면 강함은 저절로 찾아온다는 걸, 나는 몰랐으나 그대들은 알기를 바란다.

나는 당신의 나약함이 부럽다. 모든 일에 의연하지 않았던 나의 가슴이 그립다. 그러니 오늘도 마음껏 울고, 아파하고 그런 자신을 사랑하기를. 좌절하고 땅을 치며 세상을 원망하는 모습도 언젠가는 떠나간다는 사실을, 그리고 아픔과의 이별도 아프다는 사실을 잊지 않았으면 좋겠다.

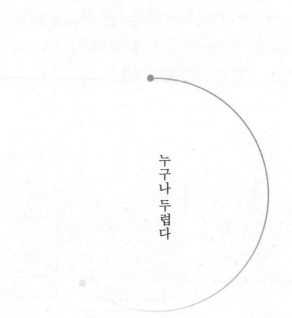

누구나 두렵다

사람 사귀는 게 두렵다. 친구, 연인, 동료, 모든 관계
가 어렵다. 유명한 어머니를 둔 덕분에, 같은 길을 따라가는
탓에 나이, 학력, 가족관계, 최근의 직업적 활동 혹은 그 이상
까지 포털 사이트에 샅샅이 나열되어 있는 삶을 나는 산다.
나는 그대들을 알지 못하는데, 어쩌면 내가 잊었던 기억도 그
대들은 나를 만나기 전부터, 이미, 알고 있다.

어릴 때부터 나는 숨을 수 없었다. 평생, 옷 입고 있는 사람
들 앞에서 나만 발가벗고 있는 기분이었다. 어떤 사람들은 뜬
소문에 나와 어울리고 싶지 않아 했고, 어떤 사람들은 보여지
는 것만 보고 나와 친해지고 싶어 했다. 책표지로 내용을 판
단하면 안 된다는 건 이론적인 이야기일 뿐이다. 좋게 말하면
포장, 나쁘게 말하면 껍데기를 보고 나는 항상 평가 당했고,
이미 답을 정해 놓고 형성되는 관계에 지쳐 갔다. 지칠수록,
나는 마음의 걸쇠를 더 단단히 걸어 잠갔다.

신기하게도 서른이 넘으니 이런 두려움들이 점점 수그러든
다. 내 상황에 변화가 있는 건 아니고, 다른 사람들도 점점 나

처럼 '발가벗은' 삶을 요구당하기 때문이겠다. 사회에 나와 직업이 생기면 초면에 명함을 나누는 게 당연한 인사치레가 되었다. 다니는 회사, 하는 사업, 직위 등 서로의 패를 다 까놓고 관계라는 '게임'을 시작하니 자연스레 필요에 의해 찾는 관계가 그렇지 않은 관계보다 늘어나나 보다.

상대방의 패가 언뜻 보일 것 같아 괜히 안심이 된다. 나의 못된 마음은 상대가 나와 같이 발가벗겨지는 것에 안도한다. 반대로 내 일말의 양심은 씁쓸하다 말한다. 내 모습을 오롯이 드러낸다는 건 얼마나 두려운 일인가. 발가벗은 솔직한 모습으로 상대에게 호감이나 동의를 얻지 못하는 것만큼 비참한 게 있을까. 관계 속에서 부딪히며 생기는 작은 흠집조차 모두 흉터가 되어 남을 것만 같다. 그래서, 내가 그랬던 것처럼, 모두가 마음의 걸쇠를 걸어 잠근다.

어릴 때는 내가 나이가 들면 사람의 영혼을 볼 수 있는 영안靈眼이 생길 거라 생각했다. 최소한 상대방이 좋은 사람인지 아닌지에 대한 구분은 생길 줄 알았다. 그런데 아니더라. 아마 그런 날은 오지 않으려나 보다. 남들도 나와 같이 오지 않을 날을 기다리리라는 생각에 내가 먼저 용기 있게 나 자신을 좀 더 내보이기로 했다.

되도록 차려입고 가야 하는 곳에서 약속을 잡지 않는 버릇이 생겼다. 내가 가장 편한 곳에서, 가장 편한 모습으로 아무것도 없이 상대를 만났을 때의 반응을 보면 그나마 남을 사람들이 보인다. 내가 생각보다 화려하지 않아도 좋아하는 사람이 있는 반면, 나의 '진짜' 모습에 실망하고 돌아서는 사람도 있다.

어쩌면 포장지에 꽁꽁 가려진 상대방의 속배기는 본인이 아니면 볼 수 없는 걸지도 모른다. 우리는 끊임없이 새로운 관계에 대해 두려워해야 할지도 모른다. 그러니 나 자신을 있는 그대로 사랑해주는 지금의 주위 사람들에게 다시 한 번 감사한 마음을 가져 본다. 더욱더 사랑하기로 결심한다. 그리고 나에게 피로감을 주는 관계는 과감히 끊어 버리기로 한다. 혼자여도, 괜찮다. 씁쓸한 이야기지만, 외로움이 관계에 대한 두려움보다 낫더라.

언젠가 나를 길가에서 마주치면 반갑게 인사해주길. 우리 모두가 가지고 있는 관계에 대한 공통적인 두려움이 그 인사, 한 번의 미소 하나로 조금은 수그러들길 바라 본다.

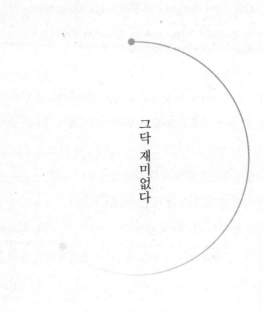

그닥 재미없다

　　　재미가 없다. 아무런 감흥이 없다. 한 사람의 삶에
서 하고 싶은 건 다 해 본 것 같다. 사랑도 해 봤고 이별도 해
봤다. 공부도 원하는 만큼 했다. 다른 나라 말도 배웠다. 아프
기도 해 봤고 죽음에 가까이도 가 봤고 다시 몇 번이고 살아
나기도 했다. 삶을 끝내고 싶었던 적도, 미치도록 살고 싶었던
적도 있었다. 원하는 직업을 가졌고, 그걸로 돈도 벌어 봤고
다른 일에 도전해 보기도 했다. 이제 다 한 것 같다. 재미가
없다.

　의욕이 부쩍 없어져서 침대에 누워 TV에 나오는 예능들을
돌려 봤다. 실없는 웃음을 흘려 본다. 오랜만에 TV를 틀어 보
니 처음 보는 예능 프로그램들이 많다. 브라운관 밖 세상은
그닥 재미가 없어 다들 예능을 찾나 보다. 나 혼자만 무기력
함을 느끼는 게 아니라는 생각에 위안을 삼는다.

　초등학교 때쯤 엄마에게 물어본 적이 있다.

　"마흔이 된다는 건 어떤 거야?"

　"내가 누군지 아는 거야."

그 말의 의미가 이해가 될 것만 같다가도 자꾸만 답이 도망간다. '내가 누군지 안다'는 건 나의 한계가 어디까지인지 알기에 무얼 이룰 수 있는지, 무얼 포기해야 하는지 알게 됨을 의미하는 거라 생각했다. 그런데 재기에 성공한 지금의 엄마는 지금의 현실이 믿어지지 않는다고 말한다. 쫓던 질문에 답이 없어졌다.

복잡하고 알 수 없는 세상 속에, 내 감정들이 얽히고설켜 있다. 그리고 그런 감정을 가진 나와 같은 종의 사람들도 얽히고설켜 있다. 그렇기에 평화를 추구하지만 전쟁이 있고, 사랑을 갈구하지만 이별이 있나 보다.

어렵다고 생각했던 질문의 답이 생각보다 간단한 것일 수도 있겠다. 그저 세상은 그렇게 복잡한 것이고, 그저 우리는 그렇게 복잡한 생물들이고 그렇기에 재미도 있다가 없다. 그러니 지금 느끼는 무력감도 한때겠다. 순간의 좌절이 긴 듯 짧게 지나갔던 것처럼 이런 재미없는 때도 지나가리라.

며칠은 침대에서만 뒹굴어야겠다. 그래도 사람들은 나와 당신을 게으르다 비판하지 않으리라. 쉼보다 달리는 날들이 많았기에. 그러니 괜찮다. TV나 보자.

원래 부질없다

　　온라인으로 동영상을 보다 잠드는 버릇이 생겼다. 내가 알지 못했던 지식을 읊조리는 말들은 신기하게 마음에 평안을 줬다. 어제도 영상을 켜고 눈을 감고 있다가, 2011년 노벨 물리학상을 수상한 미국의 천문학자들 이야기를 마주했다.

　　그들의 업적을 내가 이해한 범위 내에서 설명을 하자면 이러하다. 아주 성능 좋은 망원경으로 별들을 관찰하고 그 별들의 빛을 분석했더니 별들이 우리은하와 점점 멀어지고 있다는 사실을 발견했다. 따라서 인류는 언젠가 밤하늘에 별이 보이지 않은 어둠을 맞이할 것이다.

　　이상하고도 신기하다. 어둠으로 시작한 우주가 다시 어둠으로 돌아간다. 인간의 생애와 너무나도 비슷하다. 어두운 어머니의 자궁을 비집고 나와 생을 살다 눈을 감고 다시 어둠을 맞이하는, 인간은 우주를 닮아 있구나.

　　친한 언니가 술이 올라 이런 말을 한 적이 있다.

　　"사는 게 의미 없다."

　　흔하면 안 될 것 같지만 너무나도 흔한 그런 말이었다. '사는'

게 '의미' 없다. 이 말은 우리는 죽음이라는 도착점에 집중하며 살고 있기보다 '살아간다'는 과정 자체에서 끊임없이 의미를 찾고자 한다는 방증이기도 하겠다.

삶보다 죽음이 가까웠던 차가운 수술대 위에서 나는 이런 생각을 했었다. '그래도 잘 살았다.' 딱히 무언가를 이루어서가 아니었다. 그저 하고 싶은 일을 최선을 다해 했고, 뜨거운 사랑도 해 봤고, 깊은 우정도 나눠 봤다. 남들에겐 하찮게 보였을지 모르는 매일이 나에게는 언제나 항상 최선이었기에 난 죽음 앞에서 부끄럽지 않았다. 후회가 없었다.

다시 삶이란 기회를 얻었을 때, 삶보단 죽음이 아름다웠으면 좋겠다는 생각을 했다. 최소한 언제 올지 모를 변덕스러운 죽음이란 놈 앞에서 후회하거나 부끄럽지 않았으면 좋겠다. 하고 싶은 걸 하고, 먹고 싶은 걸 먹고, 그냥 그렇게 하루를 꽉 채워 살자. 최선을 다해 오늘을 누리자. 삶이 아닌 죽음에 집중하니 아이러니하게도 사는 게 의미 있어졌다.

삶은 원래 부질없다. 모두가 자신의 선택이 아닌 필연적인 어떤 것에 의해 태어나고, 그랬기에 어쩔 수 없이 산다. 의미 없는 것에서 의미를 찾으려고 하니 허탈하다. 부질없다. 그러나 죽음은 다르다. '호랑이는 죽어서 가죽을 남기고 사람은 죽어서 이름을 남긴다'는 말도 있지 않은가. 삶의 목표는 '어떻게 살아가느냐'가 아닌 '어떠한 사람으로 기억되고 싶은가'가 되었을 때 비로소 가치 있어 지더라.

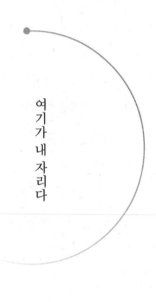

여기가 내 자리다

그냥 그런 날이 있다. 나만 멈춰 있는 것 같은 느낌에 한없이 우울해져 마음이 나락으로 떨어져 버리는, 이렇게 사는 게 맞는 걸까 의문이 머리를 가득 채우는 그런 날 말이다. 계약 이야기가 오고 가던 광고는 결국 다른 배우에게 돌아갔다. 편성이 어그러졌던 드라마는 새로운 캐스팅으로 여름에 방영할 모양이다. 지독하게도 일이 안 된다. 나는 또 생각의 늪에 가라앉는다.

조금 다른 공기가 필요하다고 생각해 동네 한 바퀴 드라이브에 나섰다. 출퇴근 시간도 아닌데 차는 왜 이렇게 막히는지. 기분 전환이라는 목적이 무색하게 나는 또 짜증이 났다. 여유를 가지러 나온 길에서 또 나를 재촉하고 채찍질했다. 돌아온 집 주차장에 차를 세우고 운전석에 앉아 한참 동안 눈을 감고 있었다. 모든 일에 조급한 내 자신을 돌아봤다.

교통의 흐름에는 나름의 규칙성이 있다. 먼저 진입한 차는 당연히 앞서 있다. 먼저 가겠다며 서로 기 싸움을 하면 금방 엉켜 버린다. 빨리 가겠다고 욕심부리다 더 늦어 버린다. 내 마음대로 되지 않는다. 시간이 지나면 자연스레 풀릴 체증에 신경질 내고, 짜증 내고 조바심 내는 게 득이 되는 일은 분명 아니다. 우리는 성장에 너무나 조급하다. 빨간불이 파란불로 바뀌기까지는 시간이 분명 걸리는 데 말이다.

급한 성격이, 욕심이 성공을 향한 힘의 원천이라고 생각해 왔다. 가끔은 맞는 말이나 가끔은 또 틀린 말이다. 처지지 않고 끊임없이 노력하는 자세는 좋다. 그러나 흐름을 타지 못하고 급하게 달리려고만 하면 교통의 흐름은 엉키기 마련이다.

성과에, 성취에 집착해 나의 자리를 잊지 말자. 최선을 다했는데도 지금의 자리라면, 그냥 그곳이 내 자리인 것이리라. 마음 아프지만, 나의 자리가 어디인지 다시 확인해 보도록 한다. 먼저 진입한 차량이 많다면 어쩔 수 없는 것이다. 그저, 체증이 풀릴 때까지, 내 차례가 올 때까지 기다리는 수밖에 없는 것이리라.

좋은 차를 타든, 큰 차를 타든, 최신 기술의 전기차를 타든 교통의 흐름을 피해갈 순 없다. 그냥 그저 그런 것이다. 포용하는 자세도 필요하겠다. 그리고 그러한 포용은 끊임없는 마음의 단련과 나 자신을 생각에 늪에서 꺼낼 수 있는 강단에서 나오리라.

우연히 온 것은 불쑥 떠나기도 한다

'진정한 친구'를 가져야 한다는 압박에 시달리고 있었다. 내 속 깊은 곳까지 다 털어놓을 수 있는 친구, 평생이라는, 내 마음대로 정의해 놓은 애매모호한 기간을 함께할 수 있는 친구들이 있어야 성공한 인생이라 생각했다. 그래서 관계 속 작은 일에도 섭섭했고 큰일에는 감정적이 되었다.

그런데 사회생활을 하다 보니 오히려 남들이 보기에 '적당한 관계'에 있는 친구들이 더 편하더라. 나처럼 고양이를 키우는 친구, 같은 운동을 하는 친구, 같은 일을 하는 친구, 비슷한 음식을 좋아하는 친구 등 내 속을 다 까 놓을 수 있을 만큼 친하진 않지만 예의를 지키며 서로의 좋은 면만 공유할 수 있는, 나를 편안하게 해주는 친구들이 좋다.

참 어리석었다. 내 가족도 나를 온전히 모르고 나 자신도 나를 온전히 이해하지 못하는데, 다른 사람이 나를 알아줄 거라 그렇게 순진하게 믿었다. 그런 신적인 존재를 찾아 헤맸고, 그 과정 중에는 웃는 일보다 괴로운 일들이 많았다. 사람 하나 떠나보내는 게, 인생 전체를 놓고 보면 참 별일이 아닌데,

마치 큰일처럼 내 감정을 소모했다.

해외로 이직을 하기도 하고 결혼을 해 가정을 꾸리기도 하면서 자연스레 멀어지는 친구들이 생겨난다. 그들과의 이별은 내 의지와는 상관없이 자연스럽게 일어났다. 멀어질 사람은 결국 멀어지고 남는 사람은 남는 모양이다.

세상에 영원한 건 없다. 시작이 있으니 끝도 있다 하지 않는가. 나를 사랑해주는 사람이 있었으니 떠나는 사람이 있는 것이고, 나와 추억을 쌓았던 동료들이 있었기에 그리움도 존재한다. 우정에 집착하고 친구라고 생각했던 사람들의 어쩌면 의미 없는 행동에 상처받았던 나 자신이 참으로 어렸다.

우정이라고 믿었던 것들에, 어쩌면 일방적이었던 내 사랑에, 상처받지 않기로 결심한다. 우연히 온 것은 불쑥 떠나기도 하기 마련이다. 다만 나와 함께한 시간 중 웃는 날이 많았다면 그것으로 우리의 시간을 추억하기로 해 본다. 상처받기보다 추억하기를 택해 본다.

끝은 반드시 온다

날이 싸늘하다. 시원했던 바람이 선선하게 바뀌고 코끝에서 가을이 가는 냄새가 난다. 한껏 웅크리며 달달 떨다 보면 벌써 새로운 한 해가 시작되리라. 시작이란 건 언제나 설레고 설레는 만큼 다짐도 많이 한다. 새로운 해, 새로운 달, 새로운 관계, 새로운 일, 무언가를 시작할 때 우리는 결의에 찬다.

시작을 위한 연습을 참 많이 한다. 어떻게 취업을 할까, 어떻게 사랑을 할까, 내년 한 해는 어떤 목표를 가지고 인생을 영유해 나갈까, 계획을 세우고 실천해 보기로 결심한다. 연年의 막바지에는 그런 결심이 없다. '끝'을 준비하는 연습을 우리는 소홀히 한다.

그래서 관계를 끝내는 것이 어렵다. 아무리 상처 주는 사람이라도 밀어내기가 어렵다. 이직을 하기가 어렵다. 학업을 정리하기가 어렵다. 나도 그랬다. 대학원을 그만두고 무대에 서겠다 했을 때에도, 투병 생활로 이전 소속사에서 나와 일을 쉬었을 때에도, 무언가를 잘 끝내는 결정은 언제나 힘들었다.

그러나 지독한 삶이라는 틀 속에서 '끝'은 필연적으로 찾아온다. 강제적인 쉼은 누구에게나 불쑥 고개를 내민다. 취직이 있으면 은퇴가 있고, 삶이 있으면 죽음이 있다. 건강이 있으면 병이 있고 사랑이 있으면 이별이 있다. 삶에서 많은 '끝'들이 찾아오지만 우리는 그것들을 곱씹어 보거나 음미하려 하지 않는다. 빨리 잊고 털어 내고만 싶어한다.

시작을 맞이하는 마음가짐을 끝에도 똑같이 가졌으면 싶다. '끝'을 맞이하는 연습도 '시작'을 맞이하는 연습처럼 배움과 반복이 필요하다. 슬픔으로부터, 위기로부터 자기 자신을 잘 다독이고 그 아픔을 보담을 수 있는 준비가 필요하다. 그래야 설레임이 묻어 있던 시작처럼 끝도 마냥 밉지 않다. 그래야 끝이 또 다른 시작임을 인지하고 포용하고 사랑할 수 있다.

제4장

무모하게 살고 미련하게 사랑하기를 아픔이 있어도 빛을 잃지 않기를

어둠 속에서 빛은 발현한다

무뎌지기보다 무너지기를 바란다. 일종의 직업병 같은 걸 수도 있겠다. 예민하지 않으면 섬세한 감정선을 표현할 수 없다는 두려움이 항상 있다. 아픔이 달갑고, 고통을 잊지 않으려 부단히 노력한다. 참으로 징하게 아픔에 미련을 가진다. 감정의 틀에 나를 가두고 남들보다 두세 배는 더 울어야 마치 내가 진정한 배우로 거듭날 것만 같다. 업業의 업業이리라, 나는 그리 생각한다.

지난 주말, 우두커니 창밖을 보며 사람 구경을 하고 있는데 문득 '아, 내가 참 많은 일을 겪었구나.'라는 생각이 들었다. 아픔은 비교하는 것이 아니거늘, 창밖의 그들도 나만큼 고되었을까 오만한 생각을 했다. 병으로 죽음 앞에 놓였었고, 모든 걸 쏟았던 사랑의 상처는 흉터로 남았다. 그럼에도 불구하고 나는 꽤 잘 살고 있다. 의지와 상관없이 시간은 갔고, 야속하게도 나는 내가 원하는 만큼 머금지 못하고 조금 빨리 아픔들을 이겨냈다. 언제 그랬냐는 듯 산을 탈 수 있을 정도로 건강해졌고, 새로운 사랑도 했고, 내 일을 위해 도약했다.

아픔도 흘러가는구나, 시원섭섭했다. 그리고는 불안해졌다. 내가 혹시 무뎌진 건 아닐까, 더 이상 예전만큼 어떠한 아픔이 나에게 감성을 주지 않을까 두려웠다. 내가 다시금 어려움 앞에 놓이면 나는 아무렇지도 않을까, 생각해 보니 그건 또 아니더라.

나는 삶을 살고 있구나. 무뎌지지는 않았지만 쉽게 무너지지도 않겠구나. 익숙함이 참으로 우습고 무섭다.

다망多忙한 삶 속에서 정신적으로 건강할 수 있는 나에게 감사했다. 그리고 주위에 많은 감성적인 사람들에 대해 생각했다. 잠을 못 자는 동료도 술에 의지했던 전 남자친구도 종교 활동에 맹적으로 집착했던 동네 아주머니도 모두 무너지는 게 두려웠으리라. 지독히도 사람 냄새나 아픔에 예민했었으리라. 다만 그뿐이었을 것이다. 그랬던 그들을 생각하며, 무언가에 집착하거나 의지하지 않고 나 홀로 오롯이 아픔을 이겨낸다는 것은 얼마나 대단했던 일이었는지를 깨달았다. 나자신을 안아 본다.

이별의 아픔이, 병을 향한 두려움이 없었던 건 아니다. 당장 내일이라도 삶이 끝날 수 있다는 두려움 앞에서 의연할 수 있는 사람은 없다. 진단 검사를 받으러 병원으로 향하던 나는 손이 덜덜 떨려 운전대를 잡기 힘들었더랬다. 부족하게 산 게 뭐가 있다고, 삶에 대한 미련이 뭐가 남았었다고, 두려웠다.

다만 두려움도 반가웠다. 미친 소리로 들릴 수 있겠지만 정말 그랬다. 죽음 앞에서 가장 살아 있음을 느꼈다. 일상의 익숙함이 고맙게 다가왔다. 치열하게 살 수 있었음에 감사했다. 그래서 아픔이 쓰면서도 달았다. 아픔과 위기조차 달게 삼킬 수 있었던, 어떤 배우는 평생 느끼지 못 할 아픔을 내가 먼저 겪는다는 것에 대한 묘한 성취감을 느꼈다. 혹은 그렇게 생각해야만 살아졌던 것일 수도 있겠다. 잃은 것보단 얻은 것에 집중하려 힘썼다. 그래서 나는 건강한가 보다. 몸도, 마음도.

언제나 아픔조차 달게 삼킬 수 있는 용기가 있기를 바란다. 무뎌지기보단 무너지는 걸 선택하는 사람이 될 수 있기를 바란다. 마음의 중심과 안정이 그대들과 함께하기를 바란다. 뒤로 넘어지면 코는 깨진다. 그래도 낫는다. 그래도 우리는 산다. 코가 깨져도, 인생이 망가질 것 같아도, 끈질기게, 살아 낸다.

어둠 속에서 빛은 발현한다. 아픔에게 감사를 전해 본다.

의미 없는 날이 없다

공방에 향초를 주문했다. 쌀쌀한 날씨와 맞는 포근한 향들을 기다린다. 나는 딱히 취향이 없는 사람이라 생각하며 살았다. 주면 주는 대로 입고, 먹으면 먹으라는 대로 먹었다. 사람들은 까다롭지 않다며 좋아했지만 나에겐 그저 무채색 같은 날들이었다.

우연히 향초를 선물로 받았다. 나무 심지가 내는 타다닥 소리가, 아주 작은 공간을 따뜻하게 하려 자신을 태우는 심지의 열정이, 흔들거리며 꺼질 것 같다가도 이내 불타올라 초를 녹여 향을 내는 그 작은 불꽃이 너무 매력적이었다. 그때 알았다. 나는 향초를 좋아하는 사람이구나. 나도 취향이 있구나.

취향을 찾는다는 것을 무의미하다 취급한 적이 있었다. '그래 봤자 돈만 쓰지.' 혹은 '어차피 유행은 돌고 도는데.' 하며 나 자신을 감성을 가진 특별한 개인이 아닌 '사회에 묻어가는 사람' 정도로 취급했었다.

그런데 취향을 탐구하는 여정은 나를 탐구하는 여정과 비슷하더라. 나는 따뜻함을 사랑하는 사람이다. 향기에 예민한 사람이다. 작은 향초가 바꾸는 아주 작은 환경에도 쉽게 감동하고 마음을 내주는 사람이다. 내가 좋아하는 것들을 찾기를 포기한 그 결정이 몇 년 동안 나 자신의 모습을 더 깊게 탐구할 수 있는 기회를 앗아간 것 같다.

내일은 짬을 내 의류 매장에 들러볼 생각이다. 몇 년 동안 입어온 트레이닝복을 버리고 새로 한 벌 사 보련다. 인터넷에서 사람들이 많이 사는 거 아무거나 골라 담아볼까 하는 생각을 억지로 접는다. 부드러운 옷감들과 서늘하고 따뜻함을 오가는 색감들 속에서 나의 모습을 다시 한 번 찾아볼까 한다.

확고한 취향을 가지련다. 거기에 투영되는 내 모습을 있는 그대로 받아들이고 사랑하련다. 참 세상에 의미 없는 일이 없다. 의미 없이 치부해 버리니 의미가 없어지는 것뿐이구나. 당신도 그런 하루를 살고 있으면 한다. 의미 없어 보이는 일들 속에서 의미를 찾는, 그래서 자신을 발견하고 사랑하고 아끼게 되는, 그런 하루 말이다.

특별하지 않아도 괜찮다

감사한 기회로 예능 프로그램에 출연하게 되었다. 녹화 전 진행한 사전 인터뷰에서

"취미가 뭐예요?"

작가는 물었고, 나는 아무 대답도 할 수 없었다.

종종 취미가 무엇이냐는 질문이 화두로 던져질 때마다 참으로 당혹스럽다. 나는 소위 말하는 '집순이'다. 일을 하지 않을 때에는 뒹굴거리며 이런저런 책을 읽고 밀린 뉴스를 몰아본다. 그리고는 고양이와 논다. 그게 다다. 취미 이야기가 나오면, 나는 자신의 꿈을 좇는 흥미로운 사람에서 지루한 사람이 되어 버린다.

참으로 재미없는 사람이기 때문이었을까. 아니면 나 말고 다른 모두가 특별하기 때문일까. 한 번이면 끝날 사전 인터뷰를 세 번이나 했다. 약간의 자괴감에 빠졌다. 그리고 왜 나는 특별한 취미가 없나, 밤새 고민했다.

일이 가장 좋고 내가 좋아하는 일을 업 삼았다. 취미가 곧 일이고 일이 취미인 삶을 살고 있기 때문에 다른 것에 딱히 홍

미가 없는 게 아닐까 생각했다. '취미'라는 단어로 내 일의 무게감을 가벼이 하고 싶진 않지만 일보다 재미있는 여가 생활을 아직 찾지 못했다. 그리고는 생각했다. 왜 굳이, 우리는 모두 특별하려고 애쓰는가.

책을 집필하기 시작하고 나서부터 생각의 틀을 넓히고 싶은 욕심에 다양한 분야의 사람들과 많이 자리를 갖는다. 그때마다 드는 생각은

'사람 사는 건 다 똑같지만, 똑같은 삶을 사는 사람은 없다.'
는 것이다.

욕망과 욕구에 사로잡혀 한 치 앞을 보지 못하고 끊임없이 실패와 실수를 반복하는 인간의 본성은 동일하나, 같은 방식으로 그 본성을 표출해 삶을 꾸려나가는 사람은 없더라. 삶의 모습이, 고통이, 기쁨이, 비슷한 듯 모두 다른 모습을 하고 있다.

특별해지고 싶어서, 다른 사람과 차별화되고 싶어서 우리는 옷을 사고, 화장을 하고, SNS에 집착한다. 그래야만 나의 삶이 의미 있는 것 같이 느껴지기도 하고, 그래야만 내 가치가 올라갈 것 같기도 하다. 막상 내가 얼마나 타인과 다른 삶을 살고 있는지에 대한 고찰의 시간은 뒷전이다.

녹화를 앞두고, 나는 이미 내면에 내재되어 있을 내 삶의 특

별함을 찾는 대신 특별해지려 부단히 노력했던, 더 나아가 나 자신을 자괴감에 빠뜨렸던 나를 반성했다. 그리고 꾸밈없이, 특별하지 않은 나만의 모습을 보여주기로 결심했다. 나의 가치는 먼 곳에서 찾는 것이 아님을, 겉모습이나 행위로 '나'라는 것이 정의되는 것이 아님을 그대들도 알기를 바라는 마음으로 기도했다. 나는 특별하지 않다. 그래도 괜찮다. 나름의 방식으로 빛나고 있다. 그대가 그러하듯이.

온전해야 한다

관계는 항상 포근한 자에게 차갑다. 시간이 여유로워 매일 데이트를 할 수 있던 이십 대에는, 상대를 잃으면 나의 일부가 떨어져 나가는 것 같았다. 헤어짐은 나의 일부를 잃는 거라고 생각했다. 실제로도 그랬다. 혼자 밥 먹는 것도, 영화를 보는 것도, 길을 걷고 산책하는 것도 그가 없으니 하지 못하겠더라. 둘이 같이 가는 법이 익숙해져 혼자 되는 게 어색하고 무서웠다.

서른이 넘고 사람 만나는 걸 조심했다. 더 이상 나를 잃고 싶지 않았다. 이별 후 바보가 되었던 시간을 반복하기 싫었다. 그러나 사랑은 계절과 같아서 뜻하지 않게 또 찾아왔다. 그리고 또 지나갔다. 이십 대와 똑같이 내 일부를 잃어버린 이별이 있었던 반면, 내 모습이 온전히 살아있는 이별이 있다는 걸 배웠다.

서늘한 계절에 만나 낙엽이 떨어질 때까지 만남을 지속했던 그는 나를 변화시키기보다 발전시켰다. 부지런한 그의 삶은 나를 더 부지런하게 했고, 내가 미워했던 나의 단점들을 수용할 수 있게 도와줬다. 그와 헤어졌을 때, 마음은 아팠지만 쓸쓸하지 않았다. 마음이 답답할 때는 혼자 산책을 갔고, 새로운 걸 도전하고 배우려 노력했다. 그에게 배운 방법이었다.

내가 온전한 이별을 해 보고 나니, 주변 관계에 대해서도 조금 유연해진다. 떠나가는 인연들의 의견을 수용은 못 해도 존중은 할 수 있고, 빠르게는 아니지만 느리지 않게 마음을 추스를 수 있다. 그렇게 친구나 동료가 떠나갈 때마다 나는 나에 대해 좀 더 알아가고, 내 삶에 조금 더 힘을 쏟는다.

세상 사람 다 거기서 거기라지만 그중에 나은 사람은 분명 있더라. 누가 더 잘했고 헌신적이었는지를 따지는 건 관계 속에서나 유의미한 일이다. 이별 후, 각자의 길을 걸을 때 과거의 다툼이, 행동이, 뭐가 그리 중요하겠는가. 그러나 나를 잃지 않았다는 건 분명 중요하더라.

그의 조언은 항상 '내 생각에는'으로 시작했다. 내 얘기를 듣고 자신의 의견을 반영하되, 틀렸다 말하지 않았다. 그래서 서로의 다름이 수용되었다. 다름을 인정하고 존중했기에 의지는 하되 의존은 하지 않을 수 있었다. 나는 나를 지켰고 그는 그를 지켰다.

결국은 그 '다름' 때문에 이별을 택하긴 했지만 나는 중요한 걸 배웠다.

1. 자신의 모습을 잃어버리지 않게 하는 사람과 관계를 맺을 것.

2. 의존은 하되 의지하지 않을 것.

3. 존중하고 수용할 것.

4. 그러나 복종은 하지 말 것.

5. 위의 항목들을 지키지 못하게 하는 사람은 나를 조금 어둡게 한다는 것.

나에게 소중한 가르침을 주고 떠난 그대에게.

고마웠어. 아주 많이.

생각보다 이룬 게 많다

욕심은 때때로 부정적인 생각으로 연결된다. 부정적인 생각이 내 안에 가득하면 자꾸 그것들이 몸짓과 표정으로 나온다. 주위 사람들에게 그 에너지가 그대로 전달된다. 며칠째, 내가 그런 것만 같아 남산을 다녀왔다. 몸이 지치면 생각은 줄어드는 법이랬다.

봄의 남산은 참으로 아름답다. 벚꽃이 비가 되어 내린다. 꽃은 지고, 새싹은 땅을 뚫고 올라온다. 또다시 새로운 생명이 태동한다. 부활 아닌 부활인 셈이다. 산 밑에선 꼭대기만 보인다. 저 높이 보이는 남산타워까지 언제 오르나, 막막하기만 하다. 경사가 가파른 길을 선택할 때면 중도에 포기하고 싶은 생각도 든다. 왜 내가 여기서 이러고 있나, 싶기도 하다. 목표가 가까워 온다는 이정표가 보이면 다시 또 동력을 얻어 걸어 본다.

그러고 보니 삶의 이정표를 확인하는 걸 잊고 있었다. 한파속 발이 얼어 발바닥에 감각도 없이 오들오들 떨며 제작사를 돌아 오디션 기회 한 번 달라 머리가 땅에 닿게 고개를 숙이

던 기억이 났다. 소속사도 생기고, 나를 먼저 찾아주는 일들
도 있으니 나, 참으로 멀리 왔구나.

삶이 잠시 멈춰 있는 것 같을 때, 정상이라는 먼 곳만 바라
보니 힘이 나지 않았나 보다. 때로는 걸어온 길을 돌아보는 것
도 동력이 될 수 있다는 걸, 이만큼 멀리 왔으니 뿌듯해 할 수
있는 여유도 필요하다는 걸 우린 자주 잊는다.

정상에 올라 오랫동안 바람을 쐬었다. 미세먼지 때문에 보
일락말락 하는 서울의 모습이 한 손에 잡힐 듯, 작다. 막상 정
상에 오르니 별게 없다. 대단한 성취감을 기대했건만, 감정이
스며 오르지 않는다. 또 다른 정상을 찾으면 다른 느낌일지도
모르겠다.

"산은 올라갈 때보다 내려올 때 조심해야 한다."
라는 말을 들었다. 내리막은 발걸음에 속도를 내게 한다. 마
음의 두려움이 스치면 속도는 더 빨라진다. 조심스레, 경건하
고 겸손한 마음을 가져야 산은 안전한 하산을 허락해 준다.

올해는 유독 작품이 없었다. 어쩌면 내가 약간의 내리막을
맞이한 것인지도 모르겠다. 급하면 넘어지니 조금씩 우아하게
걸어야겠다. 두려워하지 말아야겠다. 미끄러져 낙오되진 말아
야겠다. 하산도 등산의 일부 과정이라는 걸 잊지 말아야겠다.

그대, 나와 같이 내리막을 걷고 있는가. 그래도 내려갈 길이 있는 걸 보니, 우리 많이 올라오긴 한 모양이다. 어쨌든 우리는 등반에 성공했고, 내리막이 그 증거겠다. 내려오는 길, 오르막을 오르는 자들을 보았다고 해서 좌절할 필요는 없다. 우리보다 조금 늦게 산을 타기 시작했을 뿐이다. 산에서 패자는 없다. 내리막이 끝나면 우린 정복할 또 다른 정상을 찾을 것이다.

바람이 선선하다. 마음을 조금 내려놓고, 나는 또다시 힘을 내어 산을 오르려 한다. 이번에는 이정표 확인하는 걸 잊지 않으리라. 멀리 왔으니 고생했다 다독여도 주고, 잘했다 칭찬도 해줘야지, 결심한다.

고점은 반드시 온다

"최종 목표가 뭐예요?"

인터뷰 때마다 종종 받는 질문이다. 배우들마다 각자의 목표도 다양하다. 무엇보다 연기력을 인정받고 싶은 배우가 있나 하면, 단순히 유명세가 목표인 배우들도 있다. 나는, 욕심이 차고 넘쳐, 다 가지고 싶은 사람이다.

내가 생산하는 '제품'은 제조업의 그것처럼 수요와 공급에만 의거해 가치가 정해지지 않는다. 예술계는 시기적 불확실성이 높은 시장이다. 언제 흥할지 예측할 수 없다. 전체 수요에서 '나'라는 배우가 언제 시장의 주요 수요를 차지할지 모른다. 매체가 다양화될수록 대중의 입맛도 다양해지고. 그에 따라 트렌드는 무서운 속도로 변화한다. 언제 무엇이 대중의 마음에 들지 예견하기가 참 어렵다.

투자자는 두 가지의 성질로 나뉜다. 불확실성 때문에 포기하는 사람이 있는 반면 언젠가는 될 거라는, 불확실성이 주는 그 희망에 버티는 사람도 있다. 나는 후자이다. 힘이 들어도 버틴다. 언젠가는 나의 때가 올 거라 믿고 기다린다. 돌아오는 보상은 투자한 노력과 비등할 것이라고 믿는다. 경제와 문화는 발전을 도모한다. 큰 변수 없이 뒷걸음질 치지 않는다. 그래서 억누르고 기다린다. 포기하지 않는다. 아직 때가 아니라면 나는 내가 조종할 수 없는 '시기'에 대해 집착할 필요가 없다.

그러나 나도 감정이 있는 사람인지라, 가끔은 노력만 있는 이 기다림이 공허하기도 하다. '꿈'은 '꿈'으로 보았을 때 아름답다. 막상 직업이 되고 내 '꿈'이 생활을 유지해야 하는 돈벌이 수단이 되면 세상 누구나 그렇듯 직업적 성과에 집착하게 되나 보다.

트로트 프로그램이 유행이다. 같이 사는 외할머니는 출연자들의 말과 노래에 하루 종일 울고 웃는다. 1935년생, 마음속에 잠겨 있던 소녀의 마음이 불쑥 튀어나왔나 보다. 기운 없이 창밖만 내다보던 할머니의 방문 너머로 들려오는 흥얼거림이 반갑다. 트로트는 하향선을 타고 있던 장르였다. 혹은 우리만 그렇게 믿고 있었다. 언제 그랬냐는 듯 고점을 다시 찍는다.

당신의 열정은 어디에 쓰이고 있는가. **고민에 빠져 자신을 조금씩 갉아먹는 일에 쓰이기보다 조금이라도 따뜻한 일에 쓰였으면 하는 마음이다. 목표까지의 기다림이 길다고 좌절하지 말자. 조급하기보다 아름다웠음 좋겠다.**

기뻐할 용기가 필요하다

서른이면 많이 달라져 있을 줄 알았다. 결혼을 선택할 수 있는 깊은 관계 속에 있을 줄 알았고, 알 만한 작품에서 인정받는 역할을 할 줄 알았다. 서른이면 마음도 단단해질 줄 알았다. 실패에, 아쉬움에 연연하지 않을 줄 알았다. 내 인생이 안정기에 접어들 줄 알았다.

끊임없이 노력했다. 뒤처지지 않으려 발버둥 쳤다. 그런 나를 보며 사람들은 '너는 잘 될 거야.' 말했다. 같이 일하는 사람들의, 그리고 나 자신의 기대치는 조금씩 높아져 갔다. 헌데 항상 기대감은 넘기에는 너무나 높은 허들이다. 나는 성장이 느린 사람이다.

아는 선배는 연기를 잘하는 사람이다. 말랑한 얼굴 뒤에 강단이 있었고, 대본을 받으면 연습한다며 집밖에도 나가지 않았다. 항상 발전과 다름에 배고파했다. 그는 예술가였다. 연기를 잘하는 좋은 배우지만 이상하게도 아직까지 소속사를 찾지도, 데뷔를 하지도 못했다. 일 운이 없다.

그 선배가 영화 제작부에 스텝으로 취직을 했다며 오랜만에 연락이 왔다. 촬영 도중 급하게 배우가 필요해 대사는 없지만 작은 단역을 맡았다고도 했다. 그리고 그는 자신의 성장에 만족하며 기뻐했다. 노력에 비해 많이 작아 보이는 성과에도 기뻐할 수 있는 마음가짐을 선배는 가지고 있었다. 나에겐 기대치만 있고 기뻐할 용기가 없다.

욕심慾心의 '욕慾'은 '탐내다'라는 글자를 쓴다 한다. 탐내는 건 인간의 본성이다. 약육강식의 세계에서 살아남아야만 하는, 남들보다 힘이 세야 돌도끼로 동물을 내리찍어 식구를 먹일 수 있고, 다른 부족과 이겨야 보금자리를 지킬 수 있었던 선사시대 조상들의 지독함은 선택이 아닌 본능이었다. 그리고 그 본능은 우리에게 욕심으로 남았다.

기대감은 어차피 채울 수 없구나 생각했다. 충족이 되려는 순간 다른 기대가 생기고 다른 게 보인다. 욕심이란 본능이다. 건강한 욕심은 동기가 되지만 뭐든 과하면 독이 되는 법이다. 기대감이 내 정신을 속박하게 놔두지 않기로 했다.

나는 오늘 모든 일정을 취소했다. 하루 종일 누워서 사랑 타령 하는 드라마를 봤다. 기대감에서 벗어나 잠깐의 일탈을 즐길 용기를 내보았다. 그리고 나 자신이 걸어온 길을 축하하는 시간을 가지기로 했다. 비단 성취에 얽매여 성과를 축하하지 못했던 나 자신을 안아 주기로 했다.

즐길 용기도 필요하다

골프를 다시 배우기로 했다. 몇 년 전, 친구들이 하나 둘 레슨을 받기 시작하면서 승부욕 강한 나도 연습장을 들락거렸었다. 헌데 흥미가 없는 일에 집중하지 못하는 나쁜 버릇을 가지고 있는 나라는 사람은 매번의 휘두름이 고역이었다. 공이 맞지 않으면 화가 났다. 답이 내 앞에 있는데, 나는 그 답을 맞히지 못하고 자꾸만 헛도는 기분이 너무나도 싫었다.

어머니는 골프밖에 취미가 없는 사람이다. 쇼핑을 좋아하지도, 술을 좋아하지도, 사람들과 어울리는 것에도 별로 흥미가 없는데 이상하게 골프에는 열정을 다한다. 같이 필드에 나가지 못하는 게 한이 되는지, 생전 삶에 관여하지 않는 어머니가 골프를 배우면 안 되겠냐 부탁했다. 예전 같았으면 싫은 건 안 한다 딱 잘라 얘기했을 텐데, 이제는 노년을 향해 달려가는 엄마 부탁 하나 못 들어주는 나 자신이 우스워 이제라도 효녀 노릇 해보겠답시고 연습장과 레슨을 결제했다.

역시나 어려웠다. 하기 싫은 걸 하려니 힘도 의욕도 나지 않았다. 어느 날은 친한 선배가 나를 스크린 골프장으로 불렀다.

"가끔은 잘하지 않아도 재미를 찾는 게 중요해."

나는 그 날 재미를 찾았다. 잘하지 못해도 응원하는 동료들이 있었고, 실수가 나와도 웃음으로 넘기는 사람들이 있었다. 오고가는 수다가 내 오후를 조금 따뜻하게 했다.

뭐든지 잘하려 애쓰는 게 다가 아니구나 깨달았다. 인생에서 항상 정답만을 찾고, 목표만을 보고 달려오다 보니 흥미나 재미는 뒷전이었나, 싶다. 저번 주 나간 필드에서 나는 처음으로 '파par'를 했다. 화려한 실력은 아니지만, 공도 못 맞히던 나에겐 기쁜 성과였다. 전체 스코어는 엉망이었지만 코끝으로 마시는 여름의 마지막 냄새가 좋았다. 동반자들과 함께 먹는 간식이 꿀맛이었다. 아마 내년에는 더 잘할 수 있겠지, 희망도 품어 봤다.

어떠한 걸 못한다고 해서 즐기지 못하는 건 아니다. 특정 분야에서 남들보다 특출나지 않아도, 즐길 수 있는 용기가 필요하다는 걸 배웠다. 그리고 결국엔 그 용기가 실력과 성공을 좌우하는 게 아닐까 싶다. 즐길 줄 아는 사람 이기지 못한다는 말이 괜히 있는 게 아닌가 보다.

그러나 '즐기는' 용기를 갖는 것이 얼마나 어려운 일이던가. 삶은 재미있으면 불안하다. 목표를 향해 고되게 달려야만 무언가를 이룰 수 있을 것 같다. 즐거움은 용기 없이 오지 않는다. 혹 즐기지 못하는 삶이 내 인생의 주권을 '목표'에 뺏겨서가 아닐까 생각했다. 그래서 용기를 가져 보기로 한다. 즐기려, 인생의 주권을 다시 찾아오고자 한다. 답을 찾아야 한다는 부담감은 내려놓고, 즐길 수 있는 용기를 먼저 가지려 마음을 단단히 다져 본다.

가끔은 잘하지 않아도 재미를 찾는 게 중요해.

포장은 중요하다

아버지는 항상 신발을 깨끗이 하라고 말씀하셨다. 핸드백 지퍼 열린 것조차도 지적하는 꼼꼼하고 철저한 성격을 가진 아버지는 어떠한 일이 있어도 옷매무새를 흐트러뜨리지 않았다. 약주 한 잔 걸치고 들어올 때에도 걸음이 발랐다.

한 번은 이런 말을 한 적이 있었다.

"때로는 포장도 중요하다."

상당히 가식적이다, 라고 당시에는 생각했다. 왜 가짜로 나를 꾸며야 하는지에 대한 막연한 반항심이 있었다. 아버지가 던진 말의 의미를 어린 나는 이해하지 못했다. 어른이 되고서도 한참이 지난 후에야 아버지의 말이 조금은 이해가 간다.

일이 너무 바빠 잠잘 시간이 서너 시간밖에 없는 데도 항상 좋은 냄새가 나는 선배가 있다. 섬유유연제의 포근한 냄새가 분위기를 편안하게 한다. 양말이 방금 빤 것처럼 항상 새하얗다. 저 사람은 매일 몸을 깨끗이 하고 깨끗한 옷을 입는구나. 선배는 옷매무새만큼 자신의 일에 있어서 정확했고 핑계가 없었다. 알고 지낸 지 오 년쯤 되었을 때, 그녀는 자신의 분야에서 최고의 자리에 올랐다.

사람을 볼 때 그 사람의 신발을 보는 버릇이 생겼다. '인상'에 대한 중요성을 조금은 알 것 같다. 겉모습이 화려할 필요는 없지만 깔끔할 필요는 분명히 있다. 신발의 깨끗한 정도를 보면 그 사람이 얼마나 부지런한지가 가늠된다. 구두를 깨끗이 할 부지런함조차 갖추지 않은 사람과 어떻게 큰일을 함께 도모할 수 있을까.

사람의 인상이 좌우되는 건 한순간이다. 사회가 발전할수록 우리들은 점점 더 시간이 없고 갈수록 급해진다. 이 사람이 내 사람이 될지 안 될지, 어떤 정도의 사람인지를 모두가 빨리 판단하고 싶어한다. 서로를 충분히 알아갈 수 있을 만한 여유가 있으면 좋겠지만, 안타깝게도 우리는 그런 여유가 없다.

그렇다고 없는 여유를 만들라고 할 수도 없는 일이다. 그래서 나는 오늘도 깨끗한 신을 신는다. 누구보다 노력하며 부지런하게 사는 내 삶이 신의 얼룩 하나로 증발해 버리면 너무 허무하지 않은가. 날이 맑으니 세차도 해야겠다. 내세울 게 열정과 부지런함밖에 없는데, 부지런함이 드러나지 않으면 열정도 과소평가 되어 버릴 것 같다. 부지런함을 잘 포장해 보여주는 것도 중요한 능력이다.

구구절절함도 중요하다

　　나는 말을 잘하지 못한다. 급한 성격과 결과론적인 사고가 말에 묻어난다. 내 말엔 요점만 있고 앞뒤가 없다. 왜 이런 말을 하는지, 나의 말로 인해 어떠한 결과를 도출하고자 하는지 자세히 설명하는 버릇이 없다. 그래서 가끔 엉뚱하다는 소리를 듣기도 한다. 때문에 공식적인 석상에 나가기 전엔 항상 예상 질문과 답변을 준비한다. 준비를 못 한 사적인 대화는 너무나 어렵다.

　　누군가가 강남역에서 신사역으로 운전을 해서 온다고 가정해 본다면 나는

　　"한남대교 쪽으로 직진해."

에서 말이 끝난다. 말을 따뜻하게 잘하는 사람들은 다르다.

　　"지금 어느 방면이야?"

부터 말이 시작된다. 목표 지점에 중점을 두기보다 상대의 입장 먼저 고려해 말을 한다. 이 순간적인 배려와 센스가 나에겐 부족하다.

　　최근 어른으로부터 화법에 대해 꾸중을 들었다. 주어가 없

이 동사가 먼저 나온다든지, 앞뒤 상황 설명 없이 결론부터 말해 버리면 상대방의 기분을 상하게 하거나 건방지다는 오해를 살 수도 있다는 뼈 아픈 조언이었다.

내 입장에선 구구절절 설명을 듣는 게 시간 낭비일 것 같아 나름 간략하게 요약을 해준답시고 들인 버릇이다. 그런데 이제는 이런 핑계를 대려니 나도 어른이 되었다. 말을 하는 순간부터 내뱉은 다음까지도 모두 '나'의 입장대로 상대방이 원하는 걸 계산한 이기적인 자세는 버려야 한다. 내가 말하는 본새에는 진정한 배려가 결여되어 있다.

일부러 이기적이고 싶은 사람이 어디 있겠는가. 모두가 나쁜 마음을 먹고 말을 내뱉진 않는다. **나에게 던져진 말들은 긍정적으로 받아들이고, 내 말들은 무겁게 내뱉어야겠다.**

세상을 너무 빠르게 살지는 않았나 생각해 본다. 삶은 그 자체만으로도 충분히 퍽퍽하다. 구구절절함이 때로는 필요하다. 나 혼자 생각한 배려는 상대에게 배려가 아닐 수 있음을 다시 한 번 가슴에 새긴다. 따뜻한 말 한마디가 나를, 상대를 더 빛나게 할 수 있음을 상기한다.

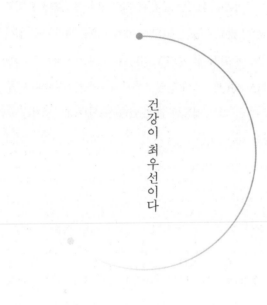

건강이 최우선이다

"여배우치곤 뚱뚱하다." 최근에야 성추행이다 외모 비하다 말이 많으니 들을 수 없는 이야기지만, 데뷔 초창기 시절만 해도 이 말을 참 많이 들었더랬다. 정상 체중보다 훨씬 덜 나가는 몸무게였음에도 협찬받은 옷, 의상팀이 준비해 주는 옷들은 안 맞는 것들이 참 많았다. 하의는 23, 상의는 44가 업계의 기준이었다. 작은 사이즈는 일을 하려면 어쩔 수 없이 따라야 하는 규칙 같은 것이었다.

마르지 않으면 입을 수 있는 옷이 없었다. 살고자, 나는 나 자신의 건강을 희생해 가며 많은 킬로수를 감량했다. 그리고 그게 버릇을 넘어 강박이 되다 보니 끼니를 거르고 몸살이 날 정도로 운동하는 게 생활이 되었다. 많이 힘들었다. 그래서 '건강을 위해서야.' 되뇌이고 세뇌해야만 위로가 되었다. 그래서 그렇게 믿기로 했었다. 나는 내 몸에게 참으로 가혹했다.

우리의 미적 기준은 너무 마른 것에 치중되어 있다. 나도 일을 핑계로 이 기준을 세우는 데에 암묵적 공조를 한 게 아닌지 죄책감이 든다. 하루에도 수없이 많은 다이어트 보조제들의 광고가 쏟아진다. 다이어트가 건강에 절대 선善인 것처럼 강조된다. 그리고 거기에 알면서도 속는다. 병원에서 살 좀 빼라고 하지 않는 이상, 다이어트의 필요성이 과도하게 대두될 필요는 없다.

몸이 아프고 난 후에야, 내가 했던 행동들이 자신에 대한 학대임을 난 깨달았다. 수술 후 회복 과정에서 의사가 나에게 한 말은 "살 빠지지 않게 조심해라" 였다. 체중이 줄면 몸이 힘들어한다 했다. '건강을 위해서' 라는 명목으로 먹지 않았는데, '건강을 위해서' 먹어야 하는 모순적인 상황에 놓여서야 내가 다이어트랍시며 했던 행동들에 후회했다.

나의 삶은 먹는 것에 대한 강박을 없애니 상당히 윤택해졌다. 몸과 함께 피폐해졌던 마음도 건강해졌다. 혹시 식단에 어긋나지 않을까 부담스럽게 느껴지던 모임 자리도 즐거워졌다. '식사'라는 문화를 진정으로 즐길 수 있게 되었다. 반복되던 요요 현상도 없어졌고, 힘이 없어 제대로 하지 못했던 운동도 더 많이, 열심히 하게 됐다. 마음이 건강해지니 인상이 폈고, 잘 먹고 잘 운동하니 몸은 자연스레 좋아졌다.

먹는 것을 포함해 어떠한 본능에 강박을 갖는 건 굉장히 어색한 일이다. 혹시 자신을 학대하는 다이어트를 하고 있다면 멈추어 주기를. '건강'이라는 이름 아래 다이어트로 자신을 혹사시키고 있지는 않은지 한 번만 돌아봐 주길 바란다. 남들이 만들어 놓은 기준에 맞춰 자신을 소중히 여기지 못하는 그대들이 되지 않기를 바란다.

모두가 소중하다

나 자신이 한없이 작아질 때가 있다. 옷자락에서 떨어지는 먼지보다 작게 느껴진다. 직업적으로도 크게 성공하지 못한 것 같다. 지금쯤이면 할 수 있을 줄 알았던 결혼도 못했다. 그렇다고 평생 놀고먹을 수 있는 재산이 있는 것도 아니다. 어떻게든 일어나 뭐라도 해보려 마시는 커피를 담은 머그컵이 초라하다. 어디서 얻어온 것 같은데, 기억이 나지 않는다.

세상에 귀하지 않은 자식 없다 했다. 생명은 소중한 것이라 했다. 근데 내 삶은 왜 이리 초라해 보이는지 도무지 모르겠다. 한없이 생각의 늪으로 또다시 빨려 들어간다. 공상과 망상속 어딘가에서 내가 사랑했던 사람들을 만난다.

참 다양한 분야의 사람들을 사랑했었다. 영업직, 전문직, 자영업, 예술가 등등 짧게는 몇 달, 길게는 일이 년을 그 사람들의 삶의 일부로 살았다. 어떤 이는 돈은 있었으나 슬픔을 보고도 같이 울어 줄 가슴이 없었고, 어떤 이는 동정은 있었으나 기쁨이 없었다. 또 어떤 이는 말재주도 있고 풍부한 감성을 지녔지만 기울어진 가세를 돕느라 여유가 없었다.

하나씩은 다 부족한 사람들과 만남을 지속하는 나를 친구들은 말리기에 바빴다. 더 좋은 조건의 사람을 만나지 왜 부족한 사람을 좋아하냐며 타박했다. 분명 애정의 꾸짖음이었을 텐데, 알면서도 친구들이 미웠다. 남들 눈에는 부족해 보일지 몰라도 나에게는 내 시간과 마음을 오롯이 내어줄 만큼 소중한 사람들이었다. 내 눈에는, 가지지 못한 것보다 가진 것이 먼저 보였다.

그렇구나. 그런 것이구나. 가지지 못한 것 보다 가진 걸 먼저 보면 가치 있어지는구나. 나도 많이 부족하지만, 누군가에겐 소중할 수 있겠구나. 가끔 빠져드는 우울함의 늪도, 올라갈 기미가 보이지 않는 자존감도 어떤 사람에게는 보이지 않을 수도 있겠다. 그저 나 자신 자체로 소중할 수 있겠다.

그래서 소중하지 않은 사람이 없다. 가지지 않아도, 잘나지 않아도, 내가 만족할 만한 목표를 달성하지 못했어도, 조금 부족하더라도 모두가 누군가에게는 소중하다. 지금 당장은 느껴지지 않는, 어쩌면 조금은 먼 곳에서 오고 있을, 따뜻함을 느껴보려 애쓴다. 그 따뜻함에 활활 타 버렸음 좋겠다. 그래서 남은 재마저도 불티를 머금고 빛났음 한다.

경쟁은 자신과 한다

　　지금은 연예계 일을 그만둔, 나에게 참 말로 상처를 많이 준 매니저가 있었다. 왜 그런 사람들 있지 않은가. 이유 없이 마음을 긁는 말을 해 우월감을 느끼는, 요점 없는 잔소리로 상처 주는 걸 '가르친다' 생각하는, 그는 그런 부류의 사람이었다. 나의 친한 친구가 신인상을 수상했던 다음 날, 회사에 들렀던 나에게

"네 친구 잘되니까 배 아프지?"

라며 나를 긁었다. 나는 대꾸 대신 깊은 한숨으로 답했다. 사랑하는 나의 동료가 얼마나 고생을 많이 했는지 누구보다 제일 잘 아는데, 그걸 질투할 정로도 내 그릇이 작게 보였나. 안타까웠다. 그는 상생相生의 개념을 이해하지 못하는 사람이었다.

　　우리는 모두가 출발점이 다르다. 인간이라면 모두가 그렇다. 아프리카, 물도 구하기 힘든 나라에서 태어난 아이와 OECD 회원국 대한민국에서 태어난 아이는 분명히 다르다. 태어날 때 어디서 태어날 것인지, 내 환경은 어떨 것인지 선택하고 삶을 시작하는 사람은 없다. 속해 있는 사회에서 경쟁이 뜻대로

되지 않을 때, 우리는 종종 원인을 이 원시적 출발점으로 보고 태어난 환경을 탓한다.

그러나 내가 태어난 배경을 탓한다거나, 나보다 나은 조건에서 태어난 사람들을 부러워하는 데에 힘을 쏟는 것이 과연 생산적인 일인가 하면 그건 분명 아니다. 바꿀 수 없는 현실에 불평을 늘어놓는 건 쓸데없는 힘을 쏟는 것밖에 되지 않는다.

그렇다면 다양한 출발점을 가진 우리는 어떻게 선의의 경쟁을 할 수 있을까. '선의의 경쟁', 서로 상충하는 두 단어가 합쳐진 반어적 표현을 우리는 어떻게 이해해야 하는가. 선의의 답을 찾는 과정의 시작점은 '나의 배경'이 되기보다 '지금의 나 자신'이 되어야 한다. 출발선이 달랐다고 하면, 남들과는 다른 출발점에서 내가 할 수 있는 최선이 무엇인지에 대해 집중해야 한다.

나 또한 출발선을 탓한 적이 있다. 나보다 어리고 예쁜 배우는 언제나 있었다. 내가 그들 사이에서 경쟁력을 가지려면 나는 조금 달라야 했다. 공부를 잘한 편이었으니 외국어를 특기로 가져야 했고, 털털한 성격의 장점을 살려 사람들과의 인프라를 탄탄히 하는데 힘을 쏟아야 했다. 그렇게 하다 보니 특성이 생겼다. 경쟁이, 해 볼 만해지더라.

　　결국 선의의 경쟁에서 추구하는 '상생하며 성장한다'는 개념
이 성립되려면, 선의의 타겟은 외부 요인이 아닌 자기 자신에
게 먼저 적용되어야 한다. 자신에게 먼저 선의를 베풀어 마음
의 여유를 내어주면 보이지 않던 게 보이기도 하더라. 남을 헐
뜯고 미워하고 부러워하기 전에 자신을 돌아보고 내가 주어진
환경 속에서 할 수 있는 일이 무엇인지에 대해 다시 한 번 생
각해 본다면 나보다 잘되는 이들은 조금 덜 미워진다. 내 인생
이 그렇게 비참하게 느껴지지 않는다.

　　다른 출발점을 부러워하고 질투하는 데에 쏟는 시간을 잠
시 나 자신에게 내어 주자. 열정과 시간은 남이 아닌 나에게
우선되어야 한다.

욕심에 의연해야 한다

여배우에게 큰 키는 양날의 검이다. 같이 출연하는 상대역의 키와 많이 차이 나면 화면에 잡히는 모습이 고르지 못하다. 작은 키는 힐을 신어 커버할 수 있다지만, 큰 키는 줄일 수가 없다. 자기보다 키가 큰 여배우는 원하지 않는다는 탑급 남배우의 요청이 있어 미팅 때 신발을 벗고 키를 재야 했던 기억이 있다. 역할은 다른 배우에게 갔다. 그래서 나는 하이힐을 신지 않는다

어머니는 키가 작은 편이다. 인터넷으로 쇼핑하는 법을 최근에 배웠는데, 재미를 붙였는지 점프 수트를 주문했다. 허벅지까지 올 줄 알았던 바지 밑단은 종아리 아래까지 내려왔고, 그 모습이 귀여워 나는 웃었다. 어머니는 평생 작은 키가 고민이었다고 한다. 길어서 입지 못하는 옷들이 수두룩하다. 그러나 덕분에 높은 힐을 신고도 뛰어다닐 수 있는 멋진 능력이 생겼다.

포대기 자루 같은 점프 수트를 입고 깔깔대는 엄마를 보며 새삼 대단하다는 생각이 들었다. 자신의 단점을 웃어넘길 수

있을 때까지 얼마나 많은 고민과 마음고생이 있었을까.

"나한텐 안 어울리네."

라며 웃을 수 있는 당당함 뒤에는 분명 단점을 수용하기 위한 끊임없는 마음의 단련이 있었으리라.

인간은 자신이 갖지 못한 걸 쟁취하는 방식으로 몇천 년을 진화해 왔다. 모두 서로가 가지지 않은 걸 부러워한다. 악랄하고 지독한 본능 덕에 생태계 최상위 포식자가 되었다. 어쩌면 다른 이를 부러워하고, 내가 갖지 못한 걸 원하는 건 본능에 기인한 자연스런 발상이다.

우리는 왜 자연스러운 걸 부자연스레 받아들이는가. 욕심과 부러움은 당연한 본능이다. 그냥 그렇게 설계되어 있는 DNA를 가지고 있다고 받아들이면 편한데, 그걸 받아들이지 못하니 자격지심이 생긴다. 자책을 한다. 남을 미워한다. 다름을 배척한다.

욕심에 대해, 욕망에 대해 의연해지기로 한다. 욕심을 낸다고 이기적인 사람이 되는 건 아니다. 남들보다 부족해서 욕심이 생기는 것도 아니다. 그저 본능일 뿐이다. 본능은 당연한 것이다. 당연한 것은 흘러가게 내버려 두면 되는 것이다.

나도 모르게 조금은 구부정해 있지 않았나 싶다. 큰 키가 부담스러워 자꾸만 위축된 건 아닌지, 키가 아닌 나의 당당하지 못한 태도가 내 길을 막고 있지 않았는지 생각해 본다. 아직까지 하이힐을 신을 용기는 없지만 어깨부터 당당하게 펴 보기로 한다. 어쩌겠는가. 나는 욕심 많은 키 큰 사람으로 태어난 것을. 바꿀 수 없는 요소가 나의 자존감을 끌어내리지 못하도록 조금 더 당당해져야겠다.

질투심에는 근본이 없다

할머니 생신을 맞아 가족 외식을 했다. 특별한 걸 대접해드리고 싶은 마음에 미국에서 자주 갔던 레스토랑의 한국 지점을 방문했다. 레스토랑은 소름이 돋을 정도로 미국 지점과 판박이였다. 다만 한국 지점에서는 특별하게 테이블당 개인 서빙 서비스를 제공했다. 테이블 위에 내 손이 움직여야 할 때는 스테이크 한 입을 집을 때 한 번뿐, 사이드 디쉬부터 소스까지 일일이 붙어 개인 접시에 세팅해 줬다. 맛은, 많이 실망스러웠다.

왜 이 레스토랑에 손님이 많을까 생각했다. 이름의 유명세 때문만이었다면 생긴 지 얼마 안 되어 금방 문을 닫았을 텐데, 몇 년째 비싼 세를 내며 그 자리를 유지하고 있는 걸 보면 분명히 내가 보지 못한 메리트가 있지 않을까 궁금해졌다.

문화를 팔기 때문이 아닐까 생각했다. 흔히 볼 수 없는 인테리어와 분위기, 식기를 구경하는 재미, 일대일 서빙을 체험해 볼 수 있는 그 체험비가 식사비에 대부분을 차지하는 것이 아닐까. 경쟁력 있는 차별성은 이 체험비에서 나오는 것이겠다.

살다 보면 많은 라이벌들을 마주하게 된다. 학창 시절에는 나보다 공부를 잘하는 친구를 보면서 '아, 나보다 더 많은 시간을 투자했구나.' 생각하면 그만이지만 막상 사회에 나와보니 '쟤는 나랑 비슷한 능력을 가지고 있는 것 같은데 왜 잘 되지?' 생각되는 동료들이 있다. 그래서 질투가 나고, 세상에 대해 화가 나기도 한다.

개개인의 장점은 다양한 모양을 하고 있다. 그 모양이 어디에 들어맞을지는 아무도 모르는 일이다. 맛은 덜하더라도 분위기가 좋은 레스토랑을 선호하는 고객이 있는 반면, 나처럼 맛이 우선순위인 사람도 있다. 비교라는 것이 성립하려면 조건이 같아야 하는데, 세상에는 나와 조건이 같은 사람이 단한 명도 없다.

그래서 질투가 무의미하다. 남들과 비교해 나를 자책하는 것에 에너지를 쏟는 일만큼 부질없는 것이 없다. 모든 일이 성사되는 데에는 이유가 있고 내 질투심에는 근본이 없다.

질투의 힘을 내 장점을 찾는 데에 써 보기로 한다. 혹여 보지 못하고 넘겼던, 다른 사람과는 다른 차별성이 어디에 내제되어 있나 들여다보기로 한다. 그렇게 자꾸 마음을 다잡다 보면 남을 향한 미움이 나를 향한 믿음으로 바뀌기도 하더라.

흐린 날에는 축배를 든다

유난히도 신경써야 할 게 많은 날이 있다. 쉽게 지나갈 수 있는 모든 것들에 한 번씩 빨간 불이 걸리는 그런 날, 나는 친구와의 약속에 늦었다. 나의 시간이 소중한 만큼 그의 시간도 소중한 걸 잘 알고 있기에 무의미한 핑계는 대고 싶지 않았다. 그럼에도 불구하고 나는 약속에 늦은 나의 하루에 대해 화가 났고 나의 부정적인 태도는 그대로 상대방에게 전달되었다. 내 모습이 참으로 옹졸했다.

친구는 얼마 전 새로운 일을 시작했다. 그 또한 하루가 쉽지 않았는지 먹성이 좋은 평소 모습답지 않게 젓가락질이 느렸다.

"많이 스트레스 받는구나?"

나는 물었고,

"즐거운 스트레스야."

라고 그는 답했다.

새로운 일을 시작하며 받는 부담감은 축하할 만한 감정이 아니냐는 그의 생각이었다. 내 짜증이 부끄러워졌다. 나는 내 스트레스를 축하할 줄 몰랐구나. 상대는 식사의 시간을 축하하며 즐기고 있는데, 나는 그 시간을 짜증으로 채웠다. '즐거운 스트레스'라는 어절의 아이러니함을 그는 너무나 멋지게 바꾸어 냈다. 삶의 질의 차이가 아주 사소한 것에서 갈린다.

태도의 차이에서 성공의 척도가 바뀐다는 말을 들은 적이 있다. 자기계발서에나 끄적거려져 있을 그 말이 그리 대단해 보이지 않아 무시하고 살았다. 태도의 차이가 성공의 척도까지 바꾸는지는 잘 모르겠다. 그러나 내 하루에 긍정적인 영향은 충분히 줄 수 있다는 걸 배웠다. 쳇바퀴 같은 하루 속에서도 조금 더 행복할 수 있다. 힘을 낼 수 있다.

같은 음식을 먹어도, 비슷한 수입이 있어도 조금 더 맛있게, 멋있게 즐길 수 있는 사람이 있는 반면 그날의 나처럼 투정만 가득한 사람도 있다. 백조의 우아함은 혼을 담은 헤엄질에서 나온다 했던가. 백조보다 청둥오리에 더 정이 가는 건 물 속 발길질이 조금 더 즐겁고 경쾌해 보여서가 아닐까, 생각도 해 본다.

'즐거운 스트레스'라는 아이러니한 어절을 곱씹어 보기로 한다. 내가 발전하고 있다면, 그래서 책임질 일이 많아졌다면 그건 분명 축하해야 할 일이다. 짜증이나 힘듦 보다는 축하가

우선되어야 함을 가슴에 새겨본다. 오늘의 하늘은 맑지 않다. 해를 그리워하기보다 선선함에, 흐린 날에 축배를 들어 보기로 한다.

삶을 사는 그대는 대단하다

세상에는 할까 말까 하는 일을 실행하는 사람과 그렇지 않은 사람이 있다. 나는 후자다. 언제나 나에게는 그편이 안전했다. 안타깝지만 대중에게 노출된 직업을 가지고 산다는 건 그렇다. 소심한 게 대담할 때보다 나을 때가 훨씬 많다. 의견을 표출하지 않고, 중립의 어딘가에서 흐릿한 듯 존재하면 눈에 띄지도 않지만 저격 대상이 되지도 않는다. 전등의 스위치는 대중의 것이다. 스포트라이트를 자신에게 비추면 결국은 타겟이 된다.

며칠 전 청첩장을 받았다. 반대의 목소리가 있던 결혼이었다. 부러웠다. 결혼이 부럽다기 보다 그런 큰 결정을 단호히 내릴 수 있는 그녀의 태도가 부러웠다. 소극적으로 살다 보니 내가 내 삶에 결정을 내리는 법을 종종 잊는다. 기분 나쁜 일에 불쾌함을 표하는 일, 남자친구를 사귀는 일, 친구와의 약속을 취소하는 일, 쉬는 일, 모두가 쉽지 않다. 나의 삶의 주체는 나인데, 알면서도 결단력이 생기지 않는다.

청첩장 속 환하게 웃는 친구의 모습을 보며 생각했다. 후회할 바엔 안전한 편이 낫다고 생각했는데, 가끔은 위험해 보이는 모험을 하는 결단도 필요하구나. 내가 처음 배우의 일을 하겠다 했을 때, 그 결정은 분명 모험이었다. 탐험가적인 정신과 내 어릴 적 무모함이 그립다.

그래서 다시금 용기를 내보기로 한다. 가끔은 내 삶을 살아 보고 싶다. 미안하지만 그대들에게 전등의 스위치를 종종 뺏어와야겠다. 내가 빛을 쐬리라. 저항이 있을지라도 나는 그렇게 하련다. 그래야 나와 같은 길을 걷는 미래의 친구들이 나처럼 소극적인 삶을 살지 않겠노라.

개척자에겐 용기가 필요하다. 비난 받을 용기, 선택에 실패할 용기, 정답을 맞추지 않아도 된다는 배짱 같은 것들 말이다. 지금 이 순간에도 자신의 삶을 개척하고 있는 그대들에게 찬사를 보내고 싶다. 결혼을 하든 안 하든, 원하는 직업을 갖든 갖지 않든 모든 선택에는 배짱과 용기가 필요한 일이기에, 그 결단에 박수를 보낸다. 그러니 용기를 잃지 말기를 바란다. 본인이 대단하지 않은 사람이라 치부하지 않기를 바란다. 작은 일 하나에도 남들이 무서워 결단을 못 하는 나 같은 사람도 있으니, 삶을 살고 있는 그대는 대단하다.

닫
는
글

지나간 시간을 활자로 맞이하고

페이지에 털어 냈던 내 생각을 다시금 주워 담으며

참 많이 울었습니다.

약한 내 모습이 부끄러워서.

그래도 삶을 살아 보려 희망을 가지려

아등바등하는 모습이 안타까워서.

돌아보니 내 자신을 돌보아 주고 사랑했던 시간보다

채찍질한 시간이 많은 것 같아서.

아마도 그래서 마음의 울림이 일었나 봅니다.

그러나 마음을 나누기 위해선

내가 먼저 마음을 열어야 함을 알기에

글자에 흩어진 나의 모습이 자랑스럽습니다.

페이지에 갈겨져 있는 발가벗은 나의 모습에

조금이라도 위로를 받으셨는지요.

그랬다면 좋겠습니다.

고맙습니다.

나의 이야기를 들어 주셔서.

나와 함께 생각해 주셔서.

조금의 시간을 나에게 내어 주셔서 고맙습니다.